海空陸
RIKU MISORA
繪者 WON
落第騎士英雄譚
Cavalry
6

落第騎士英雄譚
6
©Won

「《燃天焚地龍王炎》——!!」
Calusaritio・Salamander
©Won

「滿天飛舞，《千瓣楯花》——!!」
兩人的全力一擊
相互碰撞，
產生劇烈的
光之風暴，
彷彿即將吹飛整個會場。
©Won

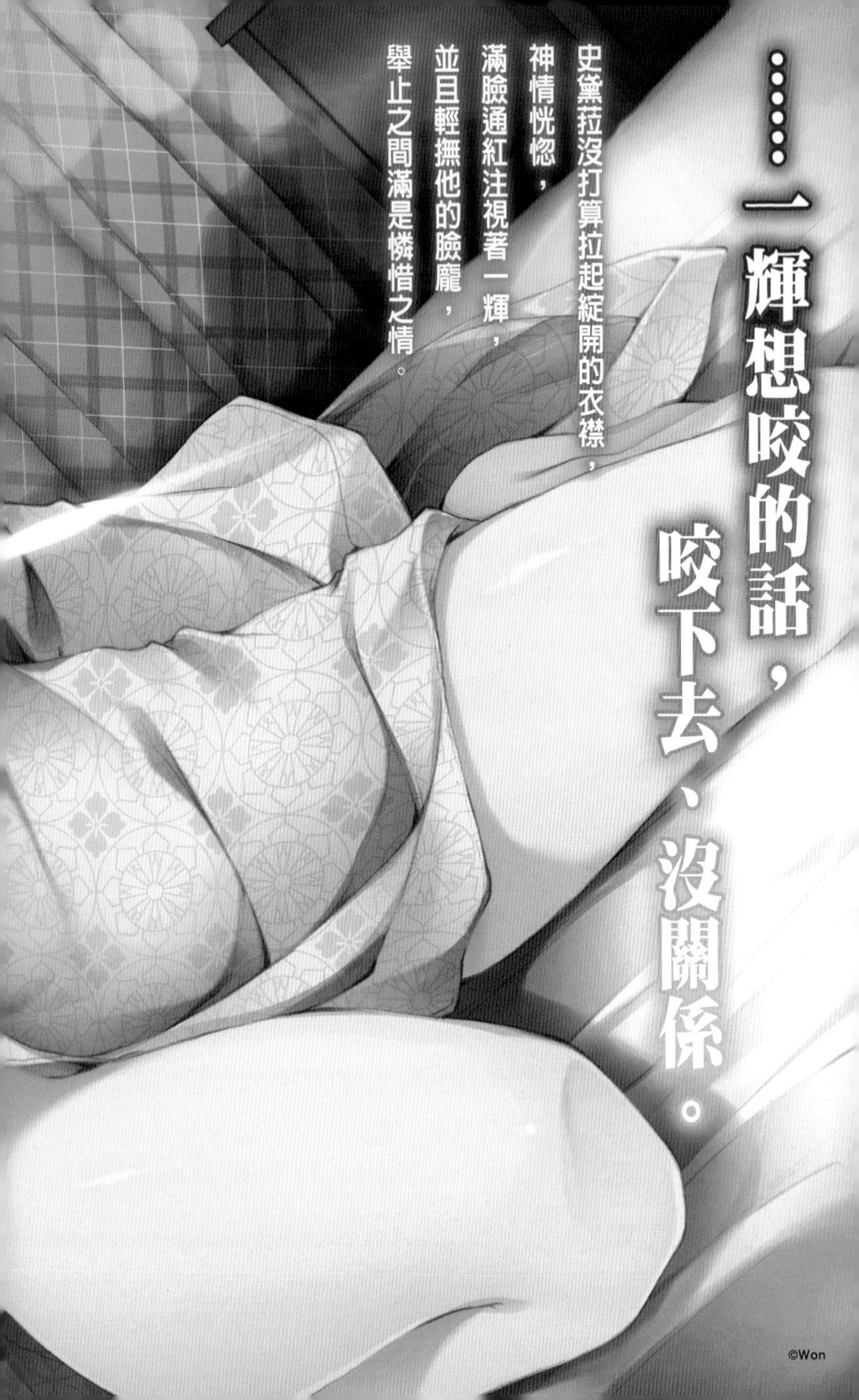
……一輝想咬的話，
咬下去、沒關係。
史黛菈沒打算拉起綻開的衣襟，
神情恍惚，
滿臉通紅注視著一輝，
並且輕撫他的臉龐，
舉止之間滿是憐惜之情。
©Won

「《蛇骨双刃》——!!」
兩把＜大蛇丸＞的劍刃彷彿有了意志，
直襲莎拉的首級而去。
©Won

「《德米奧格之筆》」
莎拉拿起畫筆，
沾取調色盤的顏料，
朝著腳邊輕輕一灑。
©Won

CONTENTS

間章　反射術士

Reflector

『第六十二屆七星劍武祭第一輪，戰局逐漸趨於白熱化！

A區比賽由〈烈風劍帝〉黑鐵王馬選手，以及鋼鐵狂熊（Panzer Grizzly）加我戀司選手獲得壓倒性勝利！全國首屈一指的強者們理所當然地勝出了！

緊接著來到B區比賽，新生・曉學園發揮出驚人實力，三戰全勝，場上這些全國好手們完全傷不了他們！曉學園的強大，以及其強烈的存在感，已經徹底展現在我們眼前！

最後，相信大家都還對C區比賽記憶猶新！前次大賽冠軍〈七星劍王〉諸星雄大選手對上F級騎士・黑鐵一輝選手，竟然戲劇性地以諸星雄大選手的敗北收場！

這場七星劍武祭從開賽第一天開始，就是一片暗潮洶湧！

但是，就是這個但是！在七星劍武祭的歷史上，不會再有比這場比賽更混亂的場面了！

B區第四場比賽，由於史黛菈・法米利昂選手遲到而延期！

經過史黛菈選手與對戰對手鶴屋美琴選手協議，這場比賽加上了特別規則！史黛菈選手一個人要對上B區所有勝出的選手，進行四對一的特別比賽！這場比賽究竟會有什麼樣的發展，實在是難以預測！』

電視喇叭傳來主播激昂的播報聲。

而主播身後，正是大批塞爆灣岸巨蛋的觀眾。他們興奮不已地大肆歡呼，彷彿地鳴一般。

但他們的反應是理所當然的。

基本上騎士之間的對決是一對一。

七星劍武祭至今已舉辦了六十二屆，紀錄上從未進行過四對一的比賽。

這次四對一比賽，正是破天荒的第一次。

難以預測，且超乎常理。

一對四。〈紅蓮皇女〉史黛菈・法米利昂究竟是抱持何種想法，才會提出這般有勇無謀的要求？

而電視前的兩人——〈雷切〉東堂刀華與腥紅淑女(Scharlach Frau)貴德原彼方知道史黛菈這麼做的理由。

「史黛菈真的很溫柔呢……」

「……是啊，會長。我們真的很幸運，能有一位如此善良的學妹。」

她們很清楚。

史黛菈不打算放過任何一個人。

不久前，曉學園的代表們把破軍學園毀得一塌糊塗。史黛菈絕對不會輕饒他們。

按照目前的淘汰賽賽程表，第二輪B區第一場比賽將會是曉學園代表們之間的比賽，由〈小丑〉平賀玲泉對上魔獸使（Beast Tamer）風祭凜奈。

要是比賽演變成曉學園兩位代表間的對決，其中一定會有一個人放棄戰鬥，主動棄權。

因為他們只是傭兵，為了達成月影總理的企圖——他們要以新興勢力的身分勝過隸屬於〈騎士聯盟〉的七校，稱霸七星劍武祭。

七星劍武祭的主旨是賭上學生騎士的榮譽，公平一戰。但是曉學園的成員對榮譽本身毫無興趣。

他們不可能為了徒有虛名的榮耀，去消耗同伴的體力。

史黛菈相當清楚這點。

所以她拿自己的遲到當**藉口**，提出如此誇張的要求。

曉學園襲擊破軍學園時，包含刀華等人在內，曉學園成員們不知道傷了多少破軍學園的學生。而史黛菈所做的一切——全都是為了這些學生。

她的行為多麼值得欣慰。

多麼令人感激。

但是——彼方無法開心。

「……會長，史黛菈同學的溫柔，卻讓我覺得很心痛。」

「為什麼呢？」

「史黛菈是這麼為我們著想，但是她的溫柔卻將她逼進了牛角尖裡——她竟然要以四對一的不利條件，與多多良幽衣等人戰鬥。這個戰局實在太糟糕了。」

彼方這麼低語道。她的神情滿是愧疚。

刀華從彼方的表情感受到不尋常的徵兆，此時，她終於想了起來。

曉學園襲擊破軍學園之時，就是彼方負責與多多良幽衣纏鬥。

「我當時只能全神貫注地與王馬對決，不清楚大家的戰鬥過程。那名叫做多多良幽衣的騎士，真的有彼方說得那麼厲害嗎？」

「說來慚愧，我們之間的差距有雲泥之別啊。我甚至無法在她身上**留下任何一道擦傷**。」

「咦……………!?」

刀華聞言，頓時語塞。

無法留下一絲傷痕。

在騎士的決鬥之中，如此的實力差距並不少見。

事實上，刀華也曾毫髮無傷地擊敗深海魔女（Lorelei）黑鐵珠雫。

但是——對手換成〈腥紅淑女〉，狀況又是另當別論。

在魔法騎士的格鬥賽事之中，實力最頂尖的就是KOK（King of knights）・A級聯盟。但就連A級聯盟的選手之中，也沒有人面對彼方能夠**毫髮無傷**。

因為彼方的伐刀絕技星塵之劍（Diamond Dust），是將自身靈裝（Device）的刀身化為肉眼無法辨識的細小碎片，散布在空氣之中，並且自由操縱碎片斬殺敵人。

〈星塵之劍〉的碎片之細碎，甚至能混雜在氣息之間，自然地進入肺部。

若要完全迴避這般攻擊，可說是難如登天。

因此面對〈腥紅淑女〉還能毫髮無傷取勝，幾近不可能。

但是據彼方所言，多多良確實辦到了。

那麼——刀華腦中掠過一個最糟的狀況。

「……多多良該不會是個〈反射術士〉!?」

刀華的語氣蘊含著焦急。

彼方則是點點頭，回了句：「正是。」

刀華腦中浮現的最糟狀況確實命中了。

〈反射術士〉

正如其名，這類伐刀者（Blazer）能夠將所有攻擊〈反射〉回去。

這類伐刀者的優秀之處在於，己方攻擊力越高，其威力也會隨之增強。

這也代表著——

「〈紅蓮皇女〉是以壓倒性的攻擊力著稱——這樣的對手對她來說，無疑是前所未有的棘手。」

第五章 快刀斬亂麻

大阪灣岸都市。這座城市曾經因為都市計畫失敗，在開發中途遭到棄置。

這座城市平時只是一座杳無人煙的鬼城。現在，這座廢墟的象徵——灣岸巨蛋卻塞滿多不勝數的人們。

他們都是前來觀看這場在日本舉辦的學生騎士祭典——七星劍武祭。

『〈紅蓮皇女〉！既然誇口要一對四，可要讓我們看看妳的英姿啊！』

『這樣也能見識到曉學園代表的實力呢。』

『美琴！不要輸啊————！』

B區第四場比賽，早已敲響開始的鐘聲。

四對一，七星劍武祭史無前例的特別比賽。

如此特例徹底掀起觀眾的興奮情緒，巨蛋場內急速沸騰。

不過——這個狀況只限於觀眾席。

曉學園・多多良幽衣身處於這股狂熱漩渦的中心點。她立於戰圈之上，內心滾燙炙熱，不過她心中沸騰的情緒，並非興奮。

而是——憤怒。

（她竟然敢小看我……！）

這股憤怒，自然是針對史黛菈。

史黛菈主動提出四對一的戰局，也就是說——史黛菈認為自己即使陷於人數上的不利，也能擊敗曉學園等人。

暫且不提史黛菈原本的對戰對手——〈冰霜冷笑〉鶴屋美琴。這個局面本來就是順了她的意。

對於被迫出場的多多良來說，這個狀況只會讓她滿肚子火。她很清楚，自己這一方的目的是稱霸七星劍武祭，四對一的局面會對他們更有利。可是史黛菈竟然敢這麼輕視自己，這讓多多良不爽到無以復加的地步。

（我會讓妳後悔自己的自大…………！）

「喂！平賀，現在已經是公開賽了，我就算殺了對手，他們也會當作事故處理，對吧？」

「呵呵呵，沒錯，就是這麼回事。我們的客戶會諒解我們的，畢竟月影（他）也是騎士呢。」

「嘻嘻嘻，那我就不用跟她客氣啦！」

負責監督這次作戰的人就是平賀。多多良得到平賀的首肯之後，咧嘴一笑：

「這次不用放水了！〈掠地蜈蚣〉，狠狠大吃一頓吧！」

多多良亮出利牙，猙獰一笑，抓起自己的鏈鋸型靈裝〈掠地蜈蚣〉，使勁拉動啟動繩。

引擎頓時發出尖銳的啟動聲。一根根有如蜈蚣細足的刀刃伴隨著那宛如亡靈淒厲的哀號，開始快速回轉。

多多良拖著那把發出哭嚎的刀刃，掘起戰圈的地面，同時搶先突襲史黛菈。

『曉學園的多多良選手行動啦——！她的步伐強而有力，突擊不帶一絲迷惘！另一方面，史黛菈選手則是——唔喔!?』

主播解說到一半，忽然破音驚叫。

原因就在史黛菈的雙手上。

『這究竟是怎麼一回事!?比賽早就開始了，可是史黛菈選手卻沒有顯現靈裝！』

『她、她到底在幹什麼啊！快點拿出武器啊！』

『喂喂，比賽開始的信號早就響了啊!?她該不會聽不懂日文吧!?』

『怎麼可能，信號是英文耶。但是她為什麼還不拿出武器呢？』

播報席與觀眾席紛紛傳出慘叫。

敵人就在眼前，她卻不拿出武器。

在場的所有人都不懂史黛菈的想法。

不論觀眾們怎麼質疑，都無法影響戰況。眼前的狀況持續發展下去。

多多良的漆黑長髮舞動在空中，宛如毒蛇一般。她壓低身軀，逐漸逼近史黛菈。

「殺啊啊啊啊啊啊啊啊——!!」

她揮動〈掠地蜈蚣〉，刀刃朝著史黛菈頸部狠狠砍去。

但是她的攻擊太過單純，動作太大。

以史黛菈過人的運動神經，她輕而易舉就能閃過這種攻擊。

史黛菈做出最低限度的後仰，躲過不斷發出哀號的刀刃。不過——

「嘎啊啊啊啊————!!」

不管史黛菈怎麼迴避，多多良卻毫不在意。她依舊抓起手上的武器，憑藉臂力亂揮一通。

她的刀法毫無技巧、優雅可言，彷彿小孩拿刀亂砍一樣。

不過當她手上的武器換成了鏈鋸，那又另當別論。

這把鏈鋸是以魔力驅動刀刃，根本不需要任何技巧。

鏈鋸的刀刃光是輕輕擦過，就能劈開、掀起戰圈的特製石板，同時襲向史黛菈。

『多多良選手的攻勢相當激烈！視敵人的防禦於無物！她憑著蠻力無數次揮舞鏈鋸，盡情地進攻再進攻！』

不論她的刀法多麼拙劣，要持續迴避數以千計的攻擊，還是有一定難度。

一定要以刀劍應戰。

但是——史黛菈依舊沒有拔出〈妃龍罪劍(Lævateinn)〉。

『多多良選手引擎全開啦！她的連擊不給對手任何喘息的空間，將史黛菈選手逼進死胡同！簡直像是龍捲風！她的攻勢實在太激烈了！多多良選手的攻擊相當粗糙，看起來還有反擊的餘地……但是史黛菈選手至今仍然赤手空拳！』

『唔哇！剛剛那次閃得好驚險！』

『多多良開始抓到史黛菈的步調了嗎⁉』

『光看就好恐怖！快點拔劍啊！』

比賽開始的信號早已響過，敵人更是齜牙咧嘴地攻過來，史黛菈卻遲遲不肯拔劍。觀眾們見到史黛菈的行動，場內滿是質疑的語氣。

這名少女究竟在想什麼？

評論席上的原KOK‧A級聯盟選手——牟呂渡教練回答了這個質疑。

『她應該是在計算攻擊的時機。』

『攻擊的時機？』

『是的。上午舉行的B區第三場比賽，廉貞學園的新留選手以戰斧進攻，卻被看不見的力量**彈了回去**，新留選手上身因此大大後仰，多多良選手則是趁機斬向新留選手，擊敗了他。

這幾乎能夠肯定，多多良選手的能力就是〈**反射**〉**衝擊之力**。

這種能力在戰鬥中可說是相當強力。

要是魯莽進攻，反而會因此露出大破綻，作繭自縛。

——不、考量到史黛菈選手的攻擊力之大，恐怕不是破綻百出就能了事呢。』

多多良的伐刀絕技（Noble Arts）〈完全反射〉（Total Reflect），能夠將衝擊或損傷反彈回去。對手的攻擊力越高，此技的威力便會隨之增強。

史黛菈那超人般的攻擊力要是被反彈回來，整隻手臂支離破碎都不奇怪。

『要想擊敗多多良選手這樣的〈反射術士〉，重點就在於該怎麼克服〈反射〉。所以史黛菈選手的做法是正確的。她刻意不顯現靈裝，不展露攻勢，等待攻擊的時機來臨。』

『也就是說，史黛菈選手打算保留實力直到最後一刻，再以高速攻擊砍倒多多良選手，讓她無暇發動能力。您說的是這個意思嗎？』

『我是這麼認為的。』

史黛菈的好友·有栖院凪正待在觀眾席上觀戰。他聽完牟呂渡的解說，不禁想起某個場面。

「她看起來好像那個時候的一輝呢。珠雫還記得嗎？」

「我不可能忘記哥哥的一舉一動。妳說的應該是我們在購物中心與〈解放軍〉（Rebellion）對峙的那個時候吧。」

那是校內選拔賽開始之前。

四個人一起去購物中心的時候，正好碰上〈解放軍〉的掠奪部隊。

當時率領掠奪部隊的人，是一名叫做微笑的男人。他的能力和多多良有些類似。

「當時史黛菈就待在哥哥身邊，她應該也記得哥哥擊敗對方的做法。」

一輝是以**隱藏劍路**來破解微笑的〈反射〉。當時一輝使出的高速斬擊，以微笑的動態視力根本無法追上。

這種超高速攻擊的速度必須超越〈反射術士〉的反應速度，藉以迴避〈反射〉。

這一招的確相當有效——倒不如說，只有這種方法，才能正面擊敗擁有〈反射〉能力的敵人。

史黛菈依照當時的經驗，選擇了這種戰術。而她的判斷也是正確的。

但是——

「不過史黛菈要模仿一輝，必須先克服一個問題。」

「那是什麼問題呢？」

〈白衣騎士〉藥師霧子開口問道。她和有栖院等人一起看完諸星與一輝的比賽之後，順勢留下來繼續觀戰。

有栖院簡潔地回答她：

「是速度。史黛菈的劍擁有卓越的破壞力，可說是無堅不摧。但是她的劍速遠遠慢於一輝的〈雷光〉。而且她的武器是大劍，劍身幾乎等同於一個人的身高，她揮劍的動作一定比較大。她以這種武器的速度不知道能不能與〈雷光〉匹敵……」

〈不，史黛菈的敵人可是〈解放軍〉名聞遐邇的殺手〈不轉〉。史黛菈就算能使出同等的速度，能不能瞞過她的眼睛又是另一回事……）

有栖院曾以〈黑影凶手〉之名參與過〈解放軍〉，他實在對此感到很不安。

而有栖院的不安更是往壞的方向，不偏不倚地命中了。

多多良緊緊追著逃跑的史黛菈，她揮動鏈鋸的同時，「呵！」地輕笑出聲——

（——這女人真是蠢死了…………！）

眼前的敵人太過輕率。她不禁浮起笑容，嘲諷著敵人的愚鈍。

（的確，只要在我發覺之前擊敗我，我就沒空閒發動能力了。）

這個想法很正確，但是——

（別拿我跟微笑那小混混比啊。我出生於殺手家庭，代代都為〈解放軍〉效力，骨子裡可是流著殺手之血啊。）

微笑不過是為了自身的愉悅，才踏進惡人之道。多多良和他完全不一樣。

多多良沒有善惡之分，自出生以來就接受殺手教育，是一名天生的殺手。

而多多良接受的教育著實慘烈。她的親生父親為了讓她隨時隨地都能使用〈完全反射〉，便從她三歲生日那一天，無時無刻都在暗殺她。

多多良的生活不存在「安眠」這兩個字，隨時都有可能從某處飛來子彈。

這樣的生活持續了十幾年，多多良的雙眼帶著半永久性的黑眼圈，完全消不掉。而此時——多多良也培養出極佳的動態視力與集中力，即她使身在槍林彈雨當中，也能清楚辨識出每一顆子彈。

不論是槍擊、爆炸、斬擊、伐刀者使出的各式魔法——
她能反彈一切的惡意，追擊目標，直到殲滅目標為止，一步都不曾停下。
她的稱號〈不轉〉，正是來自於她戰鬥時的模樣。
以多多良出類拔萃的眼力，即使是一輝稍早所施展出來，那招愛德懷斯的劍術，她也能清楚捕捉到劍影。
因此，要以速度欺瞞〈不轉殺手〉的雙眼，幾近不可能。
對手再怎麼壓抑殺氣，等待反擊的時機，這個時機永遠不會到來。
而且——
（我怎麼可能一直陪著無計可施的敵人玩下去！）
「凜奈！動手————!!」
多多良嘶聲吼道。
多多良呼喊的對象，正是那名騎在黑獅子身上的少女。當史黛菈集中精神迴避多多良的凌亂攻勢，少女趁機繞到史黛菈的身後。
她就是魔獸使（Beast Tamer）風祭凜奈。
「不要命令我！用不著妳說！」
風祭出聲反駁多多良，但還是順從多多良的言下之意，展開行動。
獅子套上風祭的固有靈裝〈隸屬項圈〉之後，便能操使伐刀絕技。而牠施展的是能夠操控「停止」這個概念的異能——

「退卻吧！〈獸王威嚇（King's Pressure）〉——!!」

「嘎喔喔喔喔喔喔喔喔喔——————!!」

「唔…………！」

身後的死角飛來音之砲彈。

多多良引開了史黛菈的注意力，史黛菈無法避開這一擊。

黑獅子的雙顎大開，音波重重襲向史黛菈全身，奪走她所有的行動力。

『啊啊啊！這下糟糕了！〈魔獸使〉的伐刀絕技，〈獸王威嚇〉在第一輪比賽中，曾經奪去文曲學園代表・駒城選手的行動！而現在她同樣抓到了史黛菈選手啦——！多多良選手不可能會放過這個絕佳的機會！』

「我會在妳拔劍之前幹掉妳！妳就縮著身子等死吧！」

水平一斬！發出悲鳴的刀刃終於劈向史黛菈。

對此，史黛菈因為〈獸王威嚇〉無法動彈，更是沒辦法迴避。

〈掠地蜈蚣〉的刀刃即將砍進史黛菈毫無防備的腹部——

「嘎啊啊啊啊啊！」

多多良憑藉蠻力揮動鏈鋸，狠狠砍飛史黛菈。

此時——

「獸王行進（Kings Charge）！」

風祭再次補上一刀。

獅子擁有人類無法比擬的強韌肌肉與質量，並以魔力加速進行突擊。

史黛菈只有普通少女的體重，獅子輕易就撞飛了她。她的身軀像是皮球一樣，在戰圈上彈跳數次，飛向場外。

最後她整個人順勢撞進磨缽狀觀眾席的正下方，頓時轟然巨響，粉塵四散，牆面的一部分應聲崩落。

◆◇◆◇◆

『多、多麼猛烈的攻勢啊──！風祭選手與多多良選手合作無間，攻擊完美地命中！她們把史黛菈選手踢出場外了！這下子她的傷勢一定很嚴重啊──!!』

『唔哇……這看起來也太慘烈了。』

『……她該不會死了吧？』

人類像是被砲彈打中一樣，狠狠地飛了出去。從某方面來說，這種光景比流血畫面還要慘不忍睹，觀眾席頓時鴉雀無聲。

在這陣奇妙的沉默當中，主審開始進行場外計時。史黛菈要是不在數到十之前回到戰圈中，主審就會判定她出界敗退，但是──

『史黛菈選手……至今還埋在粉塵與瓦礫之下，看不見她的身影。

而她所受到的損傷之嚴重，看看這片牆面就可得知。這片牆面是以特殊石材建

造的，甚至能承受戰車的直接砲擊，如今卻剩下斷壁殘垣。

她究竟能不能在計時十秒之前回到場內呢!?』

『喂喂喂，振作點啊——！』

『〈紅蓮皇女〉那麼有名，我還很期待妳的表現呢。』

『她竟然那麼簡單就讓人從背後偷襲，四對一果然還是太勉強了啦！』

『觀眾席隱約傳來抱怨，不過這也是沒辦法的事。〈紅蓮皇女〉可是本次大賽的優勝候補，誰也沒有料想到，她現在會輕易身陷敗北危機啊！』

坐在主播身旁的牟呂渡聞言，卻搖了搖頭。

『不，會有這樣的發展並不意外，倒不如說，這種狀況是理所當然的。』

『牟呂渡教練，這、這話是什麼意思呢？』

『獨自單挑複數對手就是這麼困難。

就字面上看來，只是區區的四對一。不過考量到攻擊頻率、思考及能力的多樣性，以及由此發展出來的戰術（Tactics）之廣泛，雙方的戰力恐怕不只是字面上的差距，甚至可能差上五到十倍。

〈紅蓮皇女〉的實力的確是世界級的。但即使如此，她會這麼容易讓人從背後偷襲得逞，顯然她的處境仍舊相當不利。

而且——場地本身也是個問題。』

『您是說場地嗎？』

『沒錯。如各位所見，七星劍武祭的戰圈是平坦的圓形，沒有任何遮蔽物，沒辦法藏身或是遮掩選手的行動。在這種場地上，人數多的一方會更顯得有利，更能發揮他們的實力。再將場地因素列入考量的話，方才所說的戰力差距會更加擴大。』

『所以您才會說眼前的結果是理所當然啊。』

牟呂渡輕輕點了點頭。

『有自信是好事，但是四對一顯然是個輕率之舉。法米利昂選手的級別是A級，確實是一位相當優秀的騎士，不過對手也不容小覷呢。』

〈紅蓮皇女〉太輕忽複數戰的恐怖之處了。

觀眾席上的珠雫聽了牟呂渡的解說，露出了苦惱的神情。

「那個女人到底……到底在幹什麼啊！」

「珠雫……」

「看她自信滿滿的說要四對一，我還有點期待，想看她經過西京老師的修練究竟變得多強了。結果……是我傻了。不管她多麼有自信，要是因為自滿而大意，那根本是本末倒置啊！」

「的確，竟然那麼簡單就讓人從背後偷襲，她實在太大意了。」

「就是說啊……！」

滿腹怒火逼得珠雫忍不住怒吼出聲。

但是以珠雫的立場來看，她會這麼憤怒也是情有可原。

史黛菈是兄長的戀人。而她明明取得了這個自己夢寐以求、獨一無二的位置，又擅自離開兄長，跑得不見蹤影，讓兄長擔心不已，最後卻變成這副德行，實在是不可饒恕。

更別說是史黛菈自己提出四對一的特別規則，才會演變成這個局面，她根本是作繭自縛，無藥可救。

史黛菈明明和一輝約好要在決戰相會——

最愛的兄長更是為了這個約定，屢次擊退強敵——

「她如果就這麼輸了……違反了和哥哥的約定，我會馬上闖進戰圈，親手給她最後一擊……！」

珠雫揮舞嬌小的拳頭，恨恨地說道。

她的語氣無比認真——身旁的黑乃也不禁苦笑。

（我好歹算是個老師，別在我面前說這種話啊。）

不過黑乃很清楚，珠雫是多麼深愛著自己的哥哥一輝。

而兄長的戀人竟然在珠雫面前表現得那麼沒用，黑乃可以體會她的憤怒。如果珠雫只是說氣話，黑乃會當作沒聽到。

但是——

「不過呢，妳也別太責怪法米利昂。」

「……為什麼？她可是鬧了個大笑話呢。」

「真要說錯在誰身上，應該是教她的那個人有錯。」

「教她的人？」

史黛菈自己要求四對一比賽，卻沒能力應付這個險境，因此慘遭敵人迎頭痛擊。不過黑乃卻認為錯在西京身上。

珠雫無法理解黑乃的意思，疑惑地歪了歪頭。

「您是說，是西京老師的教法不好嗎？」

黑乃聞言，則是微微苦笑……不、她的笑容帶了點戲謔，似乎在等著看好戲。

「法米利昂如果連那個女人的**懶惰**都學了個透徹，的確是會變成這個樣子。剛才的連擊能夠擊中，並不是法米利昂太過大意——

純粹是她**懶得躲開**罷了。」

「咦？」

下一秒，異變突生。

轟隆——！

巨響響徹整個會場，同時原本壓在史黛菈上頭，一塊約有一噸重的巨大瓦礫，忽然筆直飛向天空。

「怎麼————!?」

轟然巨響嚇得珠雫趕緊望向戰圈。

擊飛瓦礫的人，自然就是壓在瓦礫之下的史黛菈。
她右手高舉，擊飛壓在身上的瓦礫後，輕巧一跳。
史黛菈就在倒數八秒的剎那，回到了場上。
她全身上下**毫髮無傷**。腹部沒有刀傷，身上也沒有任何挫傷。
史黛菈若無其事地拍了拍身上的粉塵，淡淡一語——
「……哼嗯，看來妳們只有這點能耐呢。」
從她的語氣聽來，她似乎理解了什麼。

◆◇◆◇◆

『什、什、什麼——!?
史黛菈選手直接承受〈掠地蜈蚣〉與〈獸王行進〉，被兩位選手擊出場外！
之後，她在倒數八秒時，悠然地回歸戰圈之上！
而、而且……她雖然全身衣服多處破損，身上卻沒有一絲擦傷！
這到底是怎麼回事啊啊啊啊!?』
主播和觀眾們見到史黛菈毫髮無傷，困惑的議論聲此起彼落。
不過多多良自己早就知道原因所在。
方才她水平劈向渾身破綻的史黛菈，但是——

當時她手上感受不到任何斬裂肉體的觸感。

〈掠地蜈蚣〉不停迴轉的刀刃撕裂了史黛菈的衣服，卻砍不進皮膚。

為什麼？

一切的原因，在於魔力。

魔力在面對各式各樣的衝擊，會擁有類似屏障的性質。舉例來說，稍早〈落第騎士〉與〈七星劍王〉的比賽當中，〈七星劍王〉諸星雄大就曾以魔力包裹住全身，做出了魔力的護甲。

魔力屏障的強度，和每個人擁有的魔力量成正比。然而——

〈紅蓮皇女〉史黛菈·法米利昂的魔力量堪稱世界第一。

因此她平時下意識護住身軀的魔力屏障，也是非比尋常的堅硬。

她即使硬接多多良與風祭的全力一擊，身上的魔力屏障還是能完全抵銷兩人的攻擊。

史黛菈已經察覺到這點，所以才不想乖乖迴避。

她根本沒必要閃躲。

而這點——深深刺傷了多多良的自尊心。

「混蛋……妳根本不把我放在眼裡是吧…………！」

「別露出那麼恐怖的表情嘛。沒辦法，我到昨天為止，還在和泛太平洋圈最強的騎士對打呢。」

史黛菈的語氣沒有絲毫的歉意。

但實際上，史黛菈並非刻意挑釁對方。

她純粹只是──**沒辦法配合對方的實力**。

畢竟這一週陪著史黛菈做特訓的人，可是世界首屈一指的強者──〈夜叉姬〉。

這名〈重力術士〉擁有破格的攻擊力，甚至能從大氣圈外，以第二宇宙速度砸下隕石。史黛菈一直在面對這樣的敵人。

所以眼前的敵人怎麼也激不起她的危機意識。

她既然感受不到危險，也懶得一一躲開攻擊。

也因此，黑乃才會說錯在西京身上。

──但這也只是原因之一。

史黛菈會毫不抵抗，刻意接下多多良等人的攻擊，還有一個很重要的理由。

那就是──

「在我轉守為攻之前，我還想確認一下。」

「嗄？妳說確認？」

「是啊，我想確認妳們的實力到什麼程度。」

史黛菈可不能缺少這道工程，不然──

「要是我隨便就拿出真本事，你們所有人可是會死在這裡呢。」

「…………！」

沒錯，史黛菈有自知之明，她知道自己的斤兩。

對普通人類來說，她的能力太過強大，幾近於暴力。

她甚至能輕易讓一個活人化為灰燼。

所以她無時無刻都懷抱著戒心。

顧慮眼前的對手。

避免自己失手燒死對方。

即使眼前的敵人曾經傷害親友，即使眼前的敵人多麼可恨，她依舊如此。

「曉學園的確欠我們一大筆帳，而我非得討回這筆帳才會罷休，但我可不想失手殺了你們。」

不然史黛菈會良心不安──

但是除此之外──

「因為……你們根本不值得我做到這個地步。看妳不管對誰都是渾身殺氣，不過對我來說，這世界上只有那唯一一人，值得我以騎士的身分出手──他才是值得我全力以赴的對手。」

他就是這麼的特別。他能讓史黛菈拋棄身為強者的義務，拿出全力與之相對。

這份情感，這份熱情，她只想留給那個獨一無二的男人。

「所以我才想事先確認一下，看看你們的實力到什麼程度。然後思考我應該要出手到什麼程度，『才能不下殺手就徹底擊潰你們』呢。」

——而她已經大概掌握狀況了。

她**只要減少三成出力**，就能剛好配合他們的實力。

於是史黛菈一邊留意自己的施力‥

「接下來，換我進攻了！」

——手中終於顯現出〈妃龍罪劍〉。

同一時間，史黛菈周遭的空氣頓時升溫，景色顯得扭曲起來。

旁人一眼就可看出，她並非尋常騎士。那股壓倒性的存在感，彷彿夏日烈陽落在眼前一般。

但是——多多良並不畏懼。

「有意思……有本事就來啊————！」

她高聲怒吼，全力蹬地，第三次攻向史黛菈。

她不管自己的攻擊根本傷不了史黛菈。

她太過激動，導致她忘了這點？

不。

多多良接受過專門訓練，是真正的殺手。

她學過如何在激動的時候冷卻自己的腦袋。

多多良確實有點訝異，自己的攻擊明明命中史黛菈，但卻傷不了她一根寒毛。

不過，伐刀者的能力本就異於常理，而多多良又是身處於滿是伐刀者的世界。

即使正面進攻也無法造成損傷，這種伐刀者多如牛毛。

多多良自己就是屬於這類型的伐刀者。

——她當然有辦法破解。

多多良早就知道如何攻擊對方。

（就算我的劍無效，妳自己的劍可就另當別論了！）

既然如此，只要反彈回去就好。

她自豪的破格魔力，以及由魔力而生的強力攻擊，全都反彈回去。

就算是鼎鼎大名的〈紅蓮皇女〉，承受了自己的全力一擊，不可能毫髮無傷。

這樣至少可以廢掉史黛菈的雙手，之後多多良就可以慢慢料理她。

為了達到目的，要先讓史黛菈攻擊才行。

多多良是為了誘使史黛菈使出全力一擊，刻意筆直衝向史黛菈。

相對於心懷不軌的多多良——

「那麼，我就不客氣了——」

——史黛菈不疑有他地迎擊了。

只見多多良逐漸逼近史黛菈，她同樣邁開步伐，縮短兩人的距離。

右手揮動〈妃龍罪劍〉，從多多良右上方使出一記袈裟（斜斬）斬。

史黛菈的反擊完全如同多多良的預料。

多多良只要以〈完全反射〉反彈這記袈裟斬，史黛菈就會被自己的力量反咬一口。這記袈裟斬會變成她最大的致命傷。

不過——

（嗄？）

多多良正要發動〈完全反射〉，在這剎那之間。

這名身經百戰的殺手嗅到了異狀。

——〈掠地蜈蚣〉的直接攻擊既然不管用，多多良理應會以〈反射〉進行攻擊。

史黛菈應該很清楚這點。

但是她為什麼還會老實地揮劍？

理由只有一個——這是陷阱。

多多良仔細傾聽後發現，**斬擊的破風聲太輕了**。

史黛菈的這一斬速度雖快，卻沒有相應的力量。

再說，史黛菈的武器可是大劍，她卻只用右手揮劍，本身就很奇怪。

就算把這記攻擊反彈回去，史黛菈也受不了什麼傷，頂多只會向後仰罷了。

（右邊**是誘餌**——真正的攻擊，是左邊啊！）

多多良以敏銳的眼力與瞬間的觀察力，徹底看穿史黛菈的計謀。

刀刃落下時的黑影中，隱藏著蓄勢待發的左拳。

史黛菈應該是這麼盤算：多多良要是以〈完全反射〉反彈袈裟斬的軌道，史黛菈的右半身會因此大大後仰——右半身向後仰的同時，連帶推動左肩向前，鐵拳便會以迅雷不及掩耳之速貫穿多多良的側腹。

史黛菈將多多良的能力連同其效果考量進去，才組織出這套〈完全反射〉的破解法。

不過——

（這的確是個好計策，但是讓我看穿可就沒戲唱啦！）

打從奇襲被看穿的那一刻開始，施展奇襲的一方便會成為奇襲的目標。

多多良刻意順著史黛菈的計畫行動。

斬擊即將命中的下一秒，多多良在身體外側布下〈反彈〉概念的結界。

結界扭曲了斬擊的向量，猛地將斬擊彈飛向後方。

同一時間——史黛菈的行動也如同多多良所預料。

史黛菈在斬擊遭到〈反射〉的瞬間出現一絲破綻，同時由此施展奇襲，這就是史黛菈隱藏的殺招——肝臟擊（Liver blow）。

史黛菈以為自己成功趁虛而入，全力擊出了這一拳。但是多多良正是瞄準這拳，再次發動〈完全反射〉。

這記肝臟擊不但帶著〈完全反射〉反彈時，右半身後仰的力道，更藉著身體迴轉，攻擊力大增。

這擊一旦遭到反射，必定會毀掉史黛菈的左拳……不，甚至是毀掉整隻左手。

而史黛菈以為自己順利地出其不意，不可能停下拳頭——

多多良看穿了一切，將史黛菈玩弄於掌中。她愉悅地暗自扯起嘴角，就在這個瞬間——

喀啦——伴隨著骨肉碎裂時，令人頭皮發麻的聲響——

「嘎、哈……」

史黛菈的左拳深深刺進多多良的側腹。

她明明確實反射了史黛菈的拳頭——

「首先，解決一個人了。」

◆◇◆◇◆

史黛菈猛烈的拳頭痛擊多多良，她的身軀從腰側硬生生地彎成兩截。

多多良的口中灑落血沫與嘔吐物，接著倒落在石製戰圈之上。

『猛烈的肝臟擊直接命中啦——！多多良選手一頭倒在戰圈上，一動也不動了！她站不起來！完全失去意識了！史黛菈選手只用一擊，就徹底擊倒了多多良選手！』

『嗚哇！剛剛發出了很恐怖的聲音耶………！』

『對方的身體從很詭異的地方彎成了九十度……那女孩的臂力到底有多誇張啊？』

『史黛菈選手的鐵拳實在太過猛烈，狠狠震撼了全場觀眾！但是我還是有個疑問。從播報席看去，多多良選手似乎看穿史黛菈選手的佯攻，確實瞄準殺招的左拳發動〈完全反射〉……史黛菈選手到底是怎麼躲過多多良選手的〈完全反射〉呢？』

賽評——牟呂渡回答了主播的疑問。

『她沒有躲開。』

『咦？』

『你看看〈紅蓮皇女〉的左手。』

『……………！這、這是……………！』

主播聽從牟呂渡的指示，看向史黛菈的左手，接著放聲尖叫。

『這、這傷實在太嚴重了。史黛菈選手的左手彷彿被捲進螺旋槳一樣，血肉模糊啊——！所以，她該不會是……！』

『沒錯，〈紅蓮皇女〉根本沒有躲開〈完全反射〉。就如同多多良選手的企圖，〈完全反射〉確實粉碎了〈紅蓮皇女〉的手腕。一切都如多多良選手的預料，按照她的計畫進行——但是……多多良選手唯一的漏算，就是〈紅蓮皇女〉竟然不顧自己的傷勢，直接以**碎裂的手腕**攻擊到最後！』

當人類見到一切按照自己的計畫進行時，是最為鬆懈的時候。

多多良也不例外。

多多良按照自己的計畫，順利粉碎了史黛菈的手腕時，她得意地笑了。

同時，這一笑也成了致命的破綻。

史黛菈正是瞄準了這個瞬間。

她的腳踝使勁扭轉，以慘遭粉碎的拳頭施力，連同〈完全反射〉一起全力毆向多多良。

毫無技術與美感，只靠純粹的力量強行突破。

但是——史黛菈的手腕明明已經支離破碎，她依舊一擊粉碎了多多良的意識。

而且還是以比較不易失去意識的胸腹重擊。

（太亂來了…………！）

〈冰霜冷笑〉巨門學園三年級．鶴屋美琴站在同一個戰圈上，觀看著一切始末，頓時渾身戰慄。

（她實在太強了……！）

不論是多多良的技巧、戰術，將一切的一切予以壓制——**戰略級的臂力**。

更別說史黛菈強韌的心靈，她毫不畏懼傷及自身的痛楚。

她不論是身軀（Physical）或是心靈（Heart），都是異常的頑強。

強悍的身軀，強韌的心靈，以及將這一切運用自如，高人一等的才智。

——她就如同寶石一般。

（我完全比不上她……）

但是——鶴屋非贏不可。

七星劍武祭是淘汰賽，不能容許任何一場失敗。

即使老天作弄她，讓她在第一輪就抽中屬性相剋的敵人，她仍然不能輸。

正因為如此，鶴屋才顧不得大眾對她的評價，恬不知恥地借用曉的力量。

她都已經做到這個地步，更是輸不得。

尤其是鶴屋自己的自尊心不能允許自己就此敗北。

（而且只要度過這一關，我就能稱霸整個B區……！）

鶴屋有這樣的自信，於是她拚命催眠自己怯於取勝的心。

此時，鶴屋的耳中——

「沒問題，我們會贏的。」

聽見身後傳來一道聲援，不過聲援的語氣卻顯得過於溫和。

聲音的主人……是一名小丑打扮的男人。

他正是曉學園的〈小丑〉——平賀玲泉。

「……即使以靈裝直接攻擊對手，也傷不了她一根寒毛。面對這種怪物，你能有什麼好計謀嗎？」

鶴屋則是話中帶刺。

這名叫做平賀玲泉的男人感覺實在詭異，鶴屋很難對他有好感。

不過平賀似乎不太在意鶴屋的態度，提著嗓子笑了起來。

「呵呵，多多良同學的〈掠地蜈蚣〉明明是直接命中，對手卻是毫髮無傷。這的確是令人吃驚……不過這單純是魔力本身的效果罷了，〈紅蓮皇女〉的能力並非防禦系，她的魔力屏障不難破解。只要用上我的殺手鐧，一擊就能決勝負。」

「如果你能早點施展你的殺手鐧，可就幫了我大忙了。」

但是平賀搖了搖頭。

「我當然也很想這麼做，不過說來慚愧，這招伐刀絕技稍微有點費時呢。」

「真沒用啊。」

「呵呵，讓妳見笑了。不過我能肯定，只要撐過準備時間，我的殺手鐧輕而易舉就能擊敗〈紅蓮皇女〉——所以我想麻煩妳幫我爭取時間，好讓我準備施展絕技。這樣一來，我們曉學園既能夠解決麻煩的〈紅蓮皇女〉，妳也能順利贏得艱難的第一輪戰，對我們雙方都有利。現在的我們正好屬於同一陣線，何不互相合作呢？」

「…………」

鶴屋不快地皺起眉間，回以沉默。

原因在於平賀這個男人的聲音。

他口中的每一字、每一語都飽含輕蔑，彷彿在嘲笑世上的一切。

他的聲音實在令人生厭。光是聽他說話，心中就煩躁不悅。

但是另一方面……這個男人的話也不無道理。

如今鶴屋和他們身處同一個隊伍裡，和他們合作才是最有效率。

更何況——

（我對史黛菈無計可施，而這個男人卻說他有辦法擊敗史黛菈。）

就憑這點來說，她沒道理否定這個提議。

「我答應你。不過——我沒辦法跟你保證會有好結果。」

「妳還真膽小呢。」

「我如果有自信，一開始就不會跟你們這群可疑的傢伙聯手了。」

鶴屋丟下這句話，左手掌蓋住自己的右眼，輕輕撫過。

下一秒，她的右眼不知何時戴上了單片眼鏡。

沒錯，這就是〈冰霜冷笑〉鶴屋美琴的固有靈裝。

「看你們偷偷摸摸的，討論完了嗎？」

鶴屋擺出戰鬥姿態，而她透過單片眼鏡看去的視野之中——

嫣紅髮絲磷光四散，炎之騎士的緋色眼瞳緩緩望著自己。

「妳是特地等我討論完嗎？」

「是啊。我遲到在先，還讓妳陪著我發洩怒火。就算妳是自願的，我還是覺得很抱歉，所以我會對妳比較溫柔。」

史黛菈這麼回答，接著勾起薄唇，露出略帶威嚇的笑容。

「妳還真識相。既然這麼識相，乾脆連這場勝利都讓給我如何？」

「呵呵，我並不討厭鶴屋學姊的厚臉皮喔。不過這可不行，這場勝利對我來說很重要呢。」

「那就沒辦法了。」

「沒錯——所以大放送時間到此為止，這次我會主動攻過去喔？投降要趁早，不然我的劍一旦揮動——可是停不下來的！」

史黛菈語畢，便如她所言，使勁一蹬戰圈，襲向鶴屋。

「——！」

眼前的史黛菈如同暴力的化身。她不顧支離破碎的手腕，一擊擊敗了多多良。

而史黛菈現在正以殘存的右手舉劍，攻向自己。

鶴屋要是吃下同樣的一擊，絕對沒有好下場。

那樣劇烈的痛楚，或許會讓她覺得至今感受過的疼痛，根本只是在搔癢。

她可能會死在史黛菈的手下。

恐懼刺穿心臟，麻痺了鶴屋的腦袋。

但是——

——鶴屋可是去年的全國前八強。

她是日本首屈一指的學生騎士，不能就這樣膽怯、退縮。

鶴屋立刻發動自身的能力。

她的固有靈裝相當稀有，是一枚單片眼鏡。而她施放的魔法，能夠以視野的焦點為中心，將固定範圍的溫度**瞬間降為絕對零度**——

「死神魔眼（Thirteen Eyes）！」

眼中冷冽的光芒纏繞寒氣，透過單片眼鏡釋放出去。

這種魔法的特點在於，魔法效力會在目標與視線焦點重合的瞬間發動。

也就是說，魔法抵達目標的速度等同於光速。

在這瞬間當中，史黛菈周遭的溫度一口氣降到冰點之下，來到絕對零度。

液態氮以能夠瞬間冰凍物體著稱，但就連液態氮也只能降溫到零下兩百度左右。（註1）

區區人類要是身處於更加寒冷的絕對零度之中，一定會出事。

骨髓深處為之凍結，心臟瞬間停止跳動。

這種能力的發動速度、射程、對人抑制力（Man-stopping power），全都是數一數二。

鶴屋的能力甚至能與七星劍武祭中的任何一位強者分庭抗禮。

事實就是如此。

註1　絕對零度為攝氏零下二七三・一五度。

——但是，唯有一個人。

「妃龍羽衣（Empress Dress）。」

唯有那名世界最強的火術士例外。

史黛菈將降為絕對零度的空氣，以及空氣中蘊含的所有水分化為高熱的蒸汽，使之消滅。

以那件熊熊燃起的焰之羽衣——〈妃龍羽衣〉。

「……果然會變成這樣呢。」

事實上，鶴屋早就料到這個結果了。

說得簡單點，〈死神魔眼〉就只是操縱氣溫的魔法。

而火術士能使氣溫升高，所以兩者很難分出高下。

當兩種相剋的能力互相比拚時，便會以魔力的強弱決定優劣。

——〈紅蓮皇女〉史黛菈·法米利昂的魔力是世界第一。

鶴屋打從一開始就不是史黛菈的對手。

……但是她讓史黛菈的行動出現短短一瞬間的遲緩。

（這樣就充分達成我的任務了！）

「史芬克斯！撕裂我的敵人吧！」

「嘎喔喔喔喔喔喔喔喔喔喔喔喔喔——————!!」

原本待在遠處待機的風祭突然衝向鶴屋身旁，趁著史黛菈行動遲緩的剎那之間，對史黛菈使出〈獸王威嚇〉。

沒錯，只要一瞬間就夠了。

只要讓史黛菈的動作停滯片刻，風祭的〈獸王威嚇〉就能確實命中。

如此一來，史黛菈就無法動彈了。

巨獅立刻奔向史黛菈，進行追擊。

目標是頸部。

方才巨獅雖然捉到史黛菈，卻傷不了她。

身為百獸之王的牠肯定因此傷了自尊。

用不著風祭命令，巨獅張開血盆大口，露出利牙，準備咬碎史黛菈的頭部。

這隻猛獸巨大如象，又擁有魔力輔助。就算是史黛菈，也不可能毫髮無傷撐過巨獅撕咬。

順利的話，這一咬就能決勝負。

鶴屋心中隱隱這麼期待著。就在這個瞬間——

「嘎喔喔喔——————!!」

史黛菈突然放聲咆哮，撼動天際。

而她咆哮的對象——正是〈魔獸使〉操縱的黑獅子。

「～～～～～!?!?!?」

原本撲向史黛菈的巨獅突然間停止不動。

就像巨獅自己中了〈獸王威嚇〉一樣。

「史、史芬克斯!?怎麼回事!?為什麼停下來!?」

風祭喝斥著突然不聽使喚的巨獅。

但是巨獅依舊毫無動靜。

為什麼?原因很簡單。野生動物的世界比起人類——更接近死亡。

弱肉強食。這隻獅子在被風祭撿到之前，也是這麼活過來的。

所以牠更能感受得到，而且無比清晰。

浮現在少女身後的……那道幻影。

那是擁有雙翼的擎天巨龍。

眼前的紅髮少女，是比自己更加優秀的〈掠食者〉。

自己的威嚇不可能逼退這名少女。

當然了，**貓**怎麼可能嚇得退**龍**。

而野生動物遇到實力差距過大的〈掠食者〉，只會採取一種行動。

——逃跑。

「喵、喵嗚嗚嗚嗚～～～～！」

「咦!?唉呦！」

『喔喔————！這下麻煩了！〈魔獸使〉以〈隸屬項圈〉馴服的巨獅竟然輸給史黛菈選手的威嚇，甩開主人，名副其實地夾著尾巴逃跑啦！史黛菈選手即將攻向毫無防備的風祭選手！』

史黛菈單以右手舉劍，同時以全身重量使出斜斬。

史黛菈純粹只憑蠻力揮劍，動作相當大。不過風祭現在被巨獅甩開，跌坐在地。

她當然來不及迴避——

史黛菈一擊就能擊倒多多良。而她仰賴這般怪力揮出的重斬擊，不單是斬殺了風祭，連帶擊潰了戰圈的一部分。

毫無疑問，這一擊成了風祭的致命傷。但是——

「…………」

史黛菈——並未增加自己的擊敗人數。

原因……正從戰圈碎裂而捲起的沙塵之中傳來。

「……赤紅的公主啊，我真是作夢也沒想到，竟然會在這場餘興節目裡展現吾之漆黑右臂（My favorite arm）的力量，深受暗黑之力——邪神咒縛法之恩惠，以罪惡之色的暗黑刻印浸染全身的騎士！」

「大小姐是這麼說的：『謝謝妳，夏洛特！妳救了我一命！』不，您多禮了。我是大小姐的專屬女僕，同時也是您的〈劍〉與〈盾〉。」

風捲去了沙塵，視野漸漸清晰……場上的狀況終於展現在大眾眼前。

史黛菈的劍並沒有傷到風祭。身穿圍裙的少女——夏洛特・科黛介入風祭與史黛菈兩人之間，靠著一**根左手食指**接下了〈妃龍罪劍〉的劍刃。

◆◇◆◇◆

『這、這下糟了！觀眾席上的伐刀者竟然插手比賽，救了風祭選手！』

『那個女孩不是老和風祭選手待在一起的女僕嗎？』

『犯規啦！裁判快吹哨！』

神情冷淡的女僕突然闖入戰圈之中，使得整個巨蛋頓時鼓譟起來。

按照慣例，主審應該暫時中止比賽，等待營運委員會的裁決。不過——

『……這、這是怎麼一回事!?主審並沒有中止比賽！』

主播無法理解這個狀況，高聲吶喊著。

不過，主審沒有中止比賽是有原因的。

『這是當然了，這並不算犯規啊。』

『牟呂渡教練，現在到底是什麼狀況啊!?』

『你看看她的脖子。』

牟呂渡解釋的同時，會場的攝影機也聚焦在夏洛特的頸部。

當畫面出現在會場的巨大螢幕之後，在場的每個人終於理解牟呂渡的意思。

『那、那是〈隸屬項圈〉！那和〈魔獸使〉騎乘的獅子脖子上戴的項圈一模一樣。也就是說……』

『沒錯，她和那隻獅子一樣，變成〈魔獸使〉這名伐刀者操縱的靈裝。所以不需要中止比賽。』

『原、原來如此，主審看得真仔細啊。』

『裁判可是由擁有一定資歷的魔法騎士擔任，他們不太會漏掉這種細節的。』

而且伐刀者能在某個程度上，辨識出環繞在他人身上的魔力。

夏洛特並非伐刀者，所以她和那隻獅子一樣，身上環繞著風祭的魔力。

因此史黛菈不需要確認項圈就看得出來，她已經成了〈魔獸使〉的棋子。

「原來如此……我就覺得妳不像是一般的侍女。妳才是凜奈真正的靈裝——也就是她**真正的王牌**啊。」

「我叫做夏洛特・科黛，日後請多指教。」

夏洛特以食指彈開〈妃龍罪劍〉，微微拎起圍裙的裙襬，彎腰行禮。

她的舉止高雅有禮。

不過，史黛菈對此則是——

「不用多禮！」

她沒有回禮，而是再次揮動〈妃龍罪劍〉，全力斬向夏洛特。

但是——

「綻放吧，〈一輪楯花〉。」

鏘的一聲！夏洛特再次以張開的手掌擋住劍刃。

她的手難不成是鐵製的嗎？

非也——這是魔力的效果。

〈魔獸使〉風祭凜奈的靈裝〈隸屬項圈〉，能將動物或是非伐刀者的人類化為伐刀者。而這就是夏洛特擁有的能力。

史黛菈在兩招之內看穿了夏洛特的能力。

「……感覺像是敲到鋼鐵似的。妳看似是以空手接住，不過仔細觀察就會發現，手掌和劍刃之間空出了一公分左右——原來如此，凜奈的靈裝在妳身上產生效果，妳就能展開護盾，是防禦系的能力啊。」

「答得好。」

夏洛特見史黛菈完美地猜中自己的能力，坦率地稱讚對方。

同時手掌與劍刃之間的空隙開始釋放出桃色光芒。

那是花朵狀的盾牌。

「〈紅蓮皇女〉，您的眼力很不錯，竟然能在短短兩招之內看穿我的能力——不過，您猜錯一件事。」

「什麼意思。」

「我的〈一輪楯花〉並非專門用來防禦。」

夏洛特以〈一輪楯花〉防禦住史黛菈的劍。下一秒，她彈開了劍刃——

「〈花劍・龍舌蘭〉。」

雙手製作出細長、耀眼的劍形護盾，斬向史黛菈。

「！」

此時，史黛菈正因為劍被彈開，亂了架勢。

照常理來看，這一斬肯定無法避開——史黛菈靈機一動，沒有重新立起上身，反而更加後仰，向後空翻閃過夏洛特的斬擊。

——但是她的臉頰仍被微微劃傷。

史黛菈的肌膚就算受到鏈鋸型靈裝〈掠地蜈蚣〉直擊，仍然毫髮無傷，如今卻被劃傷了。

而夏洛特的攻擊並不止於一次。

她宛如獵犬般地快速逼近，追擊史黛菈。

史黛菈則是單以右手持大劍，水平一掃。

以這記橫斬迎擊夏洛特。

夏洛特對此，只會採取兩種行動。

一是停下腳步閃避橫斬，放棄追擊。

二是停下腳步，以〈一輪楯花〉抵擋回擊。

不論是哪種，她都必須止步。對史黛菈來說，能阻擋她前進就夠了。

但是——夏洛特的應對卻是**名副其實地更上一層樓**。

夏洛特竟然飛起來了。

她並不是跳起來，而是在腳邊綻放〈一輪楯花〉，一路奔上天空。

當她來到史黛菈正上方，便以〈一輪楯花〉的花瓣包覆右腳，在空中優美地縱身一翻，腳後跟朝著史黛菈頭頂落下。

不妙的是，橫斬落空，使得史黛菈的右手停在揮滿劍的位置，不可能來得及防禦頭頂。史黛菈只好用肩膀的力量抬起骨頭完全碎裂的左手，以損傷較輕的上臂接下後跟踢。

——但是這記後跟踢堅硬無比，輕易地讓史黛菈的上臂骨斷成兩截。

「唔！」

「您明白了嗎？我的護盾即使正面承受您的斬擊，也不會有任何龜裂；將護盾壓薄伸長，就會變成強韌的刀刃；用作打擊，更是一把遠比鋼鐵堅硬的鋼鎚。」

所以她是風祭的劍，同時也是風祭的盾。夏洛特面無表情，卻又隱約帶著點自傲地這麼告訴史黛菈。史黛菈的手骨碎裂，表情痛苦地皺在一起。

不過，區區斷個一兩根骨頭，可沒辦法讓史黛菈安分下來。

「〈妃龍羽衣〉！」

夏洛特的打擊的確相當強勁，但她這步棋走錯了。

對史黛菈使用直接觸碰身體的打擊，這舉動形同自殺。

史黛菈身上可是圍繞著火焰羽衣。她立刻將火力提升到最大。

熊熊燃起的烈火從史黛菈的上臂延燒至夏洛特的腳跟，轉眼吞噬了整個身軀。

史黛菈的火焰並非尋常火焰，是魔法之火。

只要史黛菈沒有喪命、昏迷或是自行消除火焰，這火是不可能熄滅的。

只要敵人不慎引火上身，這把火將會成為敵方的致命傷。但是——

（……竟然無效!?）

這個常理並不適用於夏洛特。

即使火焰包圍夏洛特全身，她的表情依然文風不動。

她的護盾不只能防禦衝擊。

用於阻絕熱能或電擊也非常有效。

夏洛特以護盾覆住全身，阻隔了〈妃龍羽衣〉的高溫，並且——

「對了，再加上一點——」

夏洛特無視史黛菈的反擊，更加趁勝追擊。

她將史黛菈的左手當作立足點，使勁一蹬，跳上半空——

「我也是大小姐的〈手槍〉。」

她做出數十枚極薄且長的〈一輪楯花〉，呈現扇形握在雙手中，射向史黛菈。

（竟然把護盾當作手裡劍……！）

夏洛特的護盾之鋒利，她已經親身體會過了。

要是中彈就麻煩了。史黛菈這麼判斷後——

「呀啊啊啊啊啊————!!」

她**立起**〈妃龍罪劍〉，全力**掃向一旁**，將〈一輪楯花〉的手裡劍連同**正前方的空氣**一起彈飛。

她就像揮動了芭蕉扇似地掀起一陣狂風。

史黛菈的臂力是多麼令人畏懼。論力量，無人能出其右。

就在此時，發生了史黛菈始料未及的狀況。

彈開的〈一輪楯花〉中，有十數枚飛向了觀眾席。

◆◇◆◇◆

「嗚、嗚啊啊啊啊！糟啦！流彈飛到這裡來了！」

「大家快逃啊！」

大多數人眼看利刃飛來，紛紛站起身準備逃跑。

他們會這麼行動是理所當然的。

即使史黛菈以強大的魔力護身，〈一輪楯花〉依舊能劃破她的皮膚，其鋒利由此可見。

觀眾們都是沒有魔力的普通人。觀眾們一旦中彈，恐怕會瞬間斃命。

但是——

「請各位留在原地別亂動，要是隨便移動會更危險。」

某處傳來的忠告帶著強制力，使人不得不遵從。站起身的觀眾們因此停下了動作。

……七星劍武祭是戰鬥的祭典，而這場祭典的參賽者則是能夠操縱超常之力的現代魔法師。

主辦方已經做好安全措施，確保觀眾席安全，觀眾們根本不需要逃跑。強大的資深魔法騎士早已在會場各處待機。

而現在〈一輪楯花〉飛去的區塊裡——

在那裡待機的人，正是史黛菈就讀的破軍學園理事長，A級魔法騎士〈世界時鐘（World Clock）〉——新宮寺黑乃。

黑乃無聲無息地在右手顯現出白銀之槍（Ennoia），槍口對準直逼而來的十數枚〈一輪楯花〉。

緊接著——

「〈鐘畫（Clock draw）〉。」

砰！一聲槍響響起。

沒錯，只有一發。

黑乃只靠著一發槍彈，就將十數枚〈一輪楯花〉全數擊落，一枚都沒有落在觀眾席上。

「咦!?剛、剛才那是什麼!?」

「那是〈世界時鐘〉的拿手絕活——〈鐘畫〉！瞬間停止時間後，在目標靜止的期間，對目標發射如雨一般的子彈啊！你看看〈世界時鐘〉的腳邊。」

「哇、真的耶！那裡竟然有那麼多彈匣……！」

「太強了——！」

觀眾席上紛紛為黑乃華麗的技巧送去歡呼與掌聲。

就在歡呼聲之中——

「不愧是原KOK世界排行第三呢。」

黑乃聽見了熟悉的溫和嗓音。

她轉頭一看，一名黑髮少年輕拍著手走向黑乃。他就是〈落第騎士〉黑鐵一輝。

「您從現役時期到現在，感覺實力一點都沒有衰退呢。」

「……這也沒什麼，我只是不能荒廢技術罷了。畢竟處理這類狀況也是我們教師的工作呢。」

黑乃這麼答道。黑乃身旁那些一輝的朋友們這才發覺他回來了。

「一輝！」

「哥、哥哥！您的傷沒事了嗎!?」

「珠雫。是啊，我沒事。剛才醫務室裡的老師們用魔法治好我的傷口了。」

「你不是用再生囊(Capsule)，而是用治癒術治好的嗎？這樣的話，你只要跟我說一聲，我就會幫你治療嘛。」

「藥師學姊等一下還有比賽，我可不能麻煩妳啊。」

〈白衣騎士〉霧子不滿地嘟起粉脣。一輝見狀，則是有些困擾地搔搔頭。

霧子認為自己不算騎士，而是醫生。但是拜託比賽前的騎士為了點小事使用魔力，也太沒常識了。

「哥哥，可是您不是在那場比賽裡用了〈一刀修羅〉了嗎？您站著會不會很辛苦？」

「……是有一點辛苦，不過比起這個……我更在意這場比賽，躺著反而會更難過。」

一輝說完，走到黑乃身旁，眺望著戰圈。

這場比賽是和一輝相約在決戰相見，他最愛的戀人的比賽。

他會想親眼觀戰也是人之常情。

珠雫雖然關心一輝的身體，但她也能夠體會一輝的心情，所以她克制住自己，不再強迫一輝。

「黑鐵，話又說回來，包括至今發生的經過，你怎麼看這場比賽？」

「——現在看來，戰況還算是理所當然。〈冰霜冷笑〉和史黛菈屬性相剋，打從一開始就不是史黛菈的對手。而〈反射術士〉對於史黛菈這樣的力量型戰士確實相當有利，但她也不可能只靠著千篇一律的一招擊敗史黛菈。不過……」

一輝一邊回答黑乃，一邊移動視線。

他聚焦的對象是……〈小丑〉平賀玲泉。他從剛才開始就待在戰圈外側，和史黛菈隔著較遠的距離，完全沒有動靜，顯得相當詭異。

「場上的那個男人隱約散發著不詳的氣息，所以接下來的發展可能會有些混亂。我不知道他現在究竟在做些什麼……不過我能從他身上感受到異常高漲的集中力，最好在他得逞之前阻止他。」

在場的眾人都在內心贊同一輝的意見。

所有人都在平賀身上感受到那股詭譎的氣息，但是還不只如此。

只要從上俯瞰戰圈上的所有動靜，一眼就能明白。

包括〈冰霜冷笑〉在內，曉陣營所有人的舉動彷彿都在保護平賀。

平賀肯定就是那一方的王牌。

既然如此——應該盡早阻卻他的企圖。

而不只是在場所有人，就連史黛菈自己應該也是這麼想。

但是——

「這似乎很難達成呢。」

「理事長，您為什麼會這麼想呢？」

「你們看看那裡。」

黑乃回答有栖院的問題，同時伸出手指。

她指向觀眾席的邊緣。

上頭……刺著一樣物體，靜靜地閃爍光芒。

那是稍早黑乃以〈鐘晝〉擊落的其中一枚〈一輪楯花〉。

「我把這些護盾擊落在沒有人的地方，但是你們仔細看看，那些護盾不但沒有碎裂，連一絲裂縫都沒有。她的護盾硬度非比尋常，我在A級聯盟裡從來沒有看過如此強大的〈護盾術士〉。就算是法米利昂，也很難單靠一隻右手突破這些護盾……那個女僕或許擋得下法米利昂最強火力的招數——〈燃天焚地龍王炎〉(Calusaritio・Salamander)。」

而黑乃的不安，確實命中事實。

◆◇◆◇◆

『史黛菈選手一再進攻，但她的努力是白費工夫！〈魔獸使〉風祭凜奈選手的王牌——夏洛特・科黛的防禦陣勢牢固得驚人！史黛菈選手不但突破不了對方的防守，反而遭到夏洛特反擊，一點一滴地喪失體力！』

『她的左手已經沒辦法握劍了。要是她左手完好，或許還能與那樣的護盾互相抗衡。這樣的發展對〈紅蓮皇女〉來說，可說是相當艱難呢。』

正如同主播與賽評的解說，史黛菈的攻擊從剛才開始完全突破不了〈一輪楯花〉。

另一方面，夏洛特也不時進行反擊，漸漸耗損史黛菈的體力。

史黛菈垂下肩膀，嘆了口氣，似乎是在苦惱自身的狀況。

「……哎呀，妳的護盾真的硬得不得了呢。我砍了又砍，還是一動也不動。只有一隻手根本拿它沒辦法呢。」

枉然的行為不只消耗體能，更是消耗心靈。

而疲憊的心靈會奪走身體的力量。

史黛菈的語氣聽起來相當灰心。夏洛特聞言，更是確信自己即將得手。

還差一點。只要再加把勁，這名騎士就會落敗。

不需要等〈小丑〉完成他的伐刀絕技。

「這是當然的。我的存在就是為了守護大小姐。我身為〈劍〉與〈盾〉的能力，全都是為了大小姐而存在。〈紅蓮皇女〉，您的劍是傷不到大小姐的。只要有我在，只要我沒死，絕對不會讓您動到大小姐一根寒毛。」

「妳還真是忠心耿耿，我並不討厭這種人呢。」

夏洛特面對史黛菈的讚賞，則是沉默不語。

就算不開口，她也很清楚。

自己的忠誠心，絕對不會輸給世上任何事物。

這是當然的。

自從這名少女在垃圾堆救出夏洛特，夏洛特就在心中起誓。

她要為了這名令人憐愛的少女——風祭凜奈而活。

將自己的一切，從頭到腳全都奉獻給她。

她就是這樣一路走來。

不論何時，她都不曾離開少女的身邊，為她除去所有危險。

風祭想要貓，她就會成為風祭的貓；風祭想要狗，她也會成為風祭的狗。

她就是這麼努力。但是當風祭開始飼養「史芬克斯」的時候，她實在很不甘心。

她太不甘心了，不甘心到甚至想把那隻獅子煮成晚餐的燉菜。

（不過，那個時候大小姐這麼對我說了。）

『妳不要再趴在地上吃貓食了。我的左右手如果是隻貓，我反而會很困擾。妳當人類就夠了。』

自己原本為了變成貓，連衣服都脫了。風祭卻說出這番話，並且把衣服還給她。

（啊啊，大小姐！大小姐！您是多麼溫柔啊！）

自己出身卑微，和路邊的貓狗沒什麼兩樣，可是風祭卻這麼珍惜自己。

所以她會為了風祭鞠躬盡瘁，以回應風祭的期待。

自己這份忠誠心，不可能輸給任何人。

她的忠誠有如鑽石一般堅不可摧，怎麼可能落敗？

夏洛特如此堅信著，她有著這樣的自負。

但是——

「不過呢……抱歉，**妳是辦不到的**。」

夏洛特眼前的深紅騎士突然這麼說道。

她的語氣彷彿……在同情夏洛特。

「您說我辦不到什麼？」

「妳是無法守護妳的主人的。」

史黛菈說得肯定，這讓夏洛特不禁失笑。

「您的話真是奇怪呢。在我的〈一輪楯花〉面前，您完全是無計可施，竟然還能說出此言。您自己不也承認了，**您是拿我沒辦法的**。現在卻沒來由地逞強，感覺很是悽慘呢。」

「哎呀，女僕小姐，妳忘了很重要的部分呢。」

「……？」

「我說的是…『**只有一隻手**根本拿它沒辦法。』」

就在這個剎那。

包覆在史黛菈身上的炎之鎧甲〈妃龍羽衣〉突然有了異樣的動靜。

史黛菈全身的火焰開始聚集在一點上。

而那一點——正是被多多良的〈完全反射〉破壞掉，無法動彈的左手。

（她到底在做什麼？）

夏洛特不懂史黛菈這樣做究竟有何意義。

不久後發生的狀況，遠遠超越她所能理解的範疇。

炙熱烈焰中……本應粉碎的左手竟然有了動作！

「什……！」

扭曲的手臂恢復應有的筆直；歪七扭八的手指緩緩握拳又放開，重複了數次。

待〈妃龍羽衣〉的火焰消失之後，史黛菈以原本碎裂的左手握住〈妃龍罪劍〉。

這把大劍屬於超重量型的武器，本來就應該以雙手舉劍。而現在她做到了。

本來她不可能以支離破碎的手臂舉劍。

她既然辦到了，就代表她治癒自己的手臂。

但是史黛身為炎術士，不會使用治療魔法。

她到底是如何——

「——！」

下一秒，夏洛特腦內靈光一閃。

但是閃過腦中的這個可能性……實在太過亂來了…………！

「您、您難不成……用自己的火焰**熔接起粉碎的骨頭**嗎……!?」

夏洛特有如悲鳴般地質問史黛菈，而她並沒有回答夏洛特。

她只是靜靜地──得意地笑了。

這抹笑容說明了一切。

夏洛特腦中的想法就是正確答案。

史黛菈正是以自己的烈焰融解碎裂的鈣質，熔接起碎骨。

而史黛菈取回雙手之後，再無任何束縛──

「煉獄之炎，貫穿蒼天──」

〈紅蓮皇女〉發動自身最強的伐刀絕技。她高舉大劍，直指天空。

赤紅的火柱從〈妃龍罪劍〉熊熊燃起，燒灼天空。

火柱漸漸升溫，由紅轉藍。

無與倫比的炙熱終於失去了顏色──轉為耀眼的光芒。

最後化為無情燒灼一切事物、劍長五十公尺以上的光之劍。

「好了，女僕小姐，妳要怎麼做呢?我的〈燃天焚地龍王炎〉即將斬殺妳身後的主人……妳不是選手，要是想逃就快逃，我不會追上去的。」

「…………!」

史黛菈的強大壓力與話語一同釋放出來，壓迫夏洛特的背脊。

她明白。

剛才那句話，是史黛菈下的最後通牒。

她現在要是不抽身，〈紅蓮皇女〉將會毫不留情地揮動這把以破格的魔力編織而成的耀眼聖劍。

要是接下這一劍，轉眼就會灰飛煙滅。

但是——

「廢話少說！」

夏洛特毫不退縮。

她將風祭護在身後，肯定地說出自己的覺悟。

「我說過了，絕對不會讓您動到大小姐一根寒毛！」

「GREAT（非常好）——!!」

下一秒，兩人有如西部槍手一般，同時行動。

「〈燃天焚地龍王炎〉————!!」

「滿天飛舞，〈千瓣楯花〉————!!」

史黛菈揮下光熱之劍，要將夏洛特連同她身後的風祭一起一刀兩斷。

夏洛特為了守護自己的主人，灌注自己所有的魔力，使出引以為傲的最強護盾。這面護盾的強度至少是〈一輪楯花〉的千倍以上。

於是，兩人的全力一擊相互碰撞。

從中產生劇烈的光之風暴，彷彿即將吹飛整個會場。

◆◇◆◇◆

「哈啊啊啊啊啊——!!」

「啊啊啊啊啊啊啊啊啊啊啊——!!」

『至今接二連三地阻擋史黛菈選手的斬擊，夏洛特宛如銅牆鐵壁般的護盾，以及史黛菈選手手中最強的伐刀絕技，現在兩者在戰圈中央短兵相接啦——！猛烈的魔力席捲全場！這股強大的魔力激流，甚至用肉眼就可辨識！兩者激烈衝撞！毫不退讓！這場最強之矛與最強之盾的大對決，勝負的天秤仍未傾向任何一方！』

但是，世上不存在**互相矛盾的真實**。

不可能同時存在貫穿一切的長矛與防禦一切的盾牌。

兩者之中，必定有一方勝出。

而這場足以產生光爆的力量衝突彷彿在證明這個道理，雙方的平衡漸漸崩潰。

（好沉重……！好熱……………！）

慘遭壓制的一方是夏洛特。

擁有千片花瓣的〈千瓣楯花〉。

〈燃天焚地龍王炎〉漸漸壓制這面光之護盾，花朵漸漸枯萎，花瓣片片凋零。

護盾一點一滴地失去防禦力，越來越無法阻隔〈燃天焚地龍王炎〉的熱能。

夏洛特腳邊的戰圈開始融解、起泡。

皮膚、汗毛漸漸焦黑。

她雖然擋下光之劍的刀身，但是光之劍放射出來的能量就已經有這般威力了。

史黛菈的力量實在驚人。

（再這樣下去──）

她馬上就會突破護盾。

夏洛特為了護主，高聲大喊：

「大小姐！請離開我身邊！」

但是──

「我拒絕。」

她的主人──〈魔獸使〉風祭凜奈不但沒有離開，反而雙手環抱住夏洛特的腰間，倚靠在夏洛特的背上。

「咦!?大、大小姐!?您在做什麼！」

夏洛特見到主人意料之外的舉動，不禁狼狽地垮下臉。

另一方面，風祭則是游刃有餘地勾起脣角：

「我說我拒絕。我的忠臣啊，我根本沒有必要逃跑。現在站在我面前的人，是為了我盡忠職守，我最忠心的家臣，漆黑右臂──夏洛特・科黛。妳是我的劍、我的盾——**我的騎士**絕對不會輸。沒錯吧？」

她更加緊貼著夏洛特的背部。

背脊上傳來主人的溫暖，以及她對自己絕對的信任。

那是——

「……Yes, My Lord!!!!」

夏洛特從自己的靈魂中擠壓出更多力量。

伴隨著有如慟哭般的呼喊，瀕臨崩解的〈千瓣楯花〉再次恢復光輝。

最後——夏洛特雖然渾身是傷，但是她的〈千瓣楯花〉終於將〈紅蓮皇女〉的〈燃天焚地龍王炎〉反彈回去了。

『獲勝的是……〈千瓣楯花〉！〈千瓣楯花〉在危急之際，終於抵擋住最強之劍，A級騎士史黛菈．法米利昂的〈燃天焚地龍王炎〉啦————!!』

「唔……」

夏洛特雙手靠在膝蓋上，支撐住搖搖欲墜的身軀，豆大的汗滴沾溼了戰圈。

她的髮絲焦黑，肩膀痛苦地顫抖著，不停喘息。一眼就能看出，她已經到極限了。

但即使如此——

（我保護了大小姐——）

沒錯，夏洛特防守到最後一刻。

她從〈紅蓮皇女〉史黛菈・法米利昂的殺手鐧中，守護了自己的主人。背脊感受到的體溫、脈動，令她不自覺地揚起微笑。

她順利達成敬愛的主人交付的任務。還有比這更值得喜悅的事嗎？

心中滿溢著成就感，以及無法言喻，宛如彩虹般的幸福色彩。於是——

「〈燃天焚地龍王炎〉。」

下一秒，一切轉變為漆黑的絕望。

「不、可能……」

夏洛特看見了。

眼前的紅髮騎士不消一刻，再次製作出那把光焰之劍，使勁揮下。劍上那股壓倒性的魔力，與方才分毫不差。

（她竟然大氣都不喘一下……就能連續進行這麼強力的攻擊嗎!?）

「所以我才會說：『妳是辦不到的。』」

實際上，史黛菈一開始確實認為自己很難一刀破解夏洛特的防守。

但那又如何？

就算一刀破解不了，兩刀、三刀——不間斷地持續攻擊就行了。

因為〈紅蓮皇女〉**能夠連續十二次，接連不斷地使出〈燃天焚地龍王炎〉**。

另一方面，夏洛特的魔力已經寥寥無幾——

「夏洛特——！」

「大小——姐————」

夏洛特毫無抵抗的餘地，龍炎一斬瞬間吞噬了全身。

◆◇◆◇◆

『直、直接命中——！夏洛特雖然勉強抵擋住第一劍〈燃天焚地龍王炎〉，卻無法應付接連而來的〈燃天焚地龍王炎〉！她連同〈魔獸使〉一起倒落在史黛菈選手跟前！』

『這樣一來……兩個人應該都無法再起了。她們就算有辦法站起身，她們也無法再戰。畢竟打從接下第一擊之後，兩人都已經耗盡全力了。』

「——解決第二人了。」

史黛菈悠然擊碎夏洛特的最強之盾，將之列入計算後，注意力轉往剩下的兩人——〈冰霜冷笑〉與〈小丑〉。

守護兩人的盾牌已經不存在了。

他們無處可逃。

接下來只要解決那名鬼鬼祟祟，渾身散發詭異氣息的〈小丑〉，這場比賽就確實

畫下了休止符。不過──

「看來是來不及了呢。」

史黛菈淡淡低語道……〈小丑〉平賀玲泉則是咧嘴一笑，嘴角高得彷彿臉頰開了一條縫。

「是啊，科黛小姐完美達成她的任務了。託她的福，一切的準備就在剛才完成了。」

同時──異狀發生。

空中出現一道陰影，籠罩整個寬廣的灣岸巨蛋。

『咦？天怎麼突然黑了？』

『騙人，我沒帶傘耶──……等、等等，那、那是什麼啊!?』

觀眾們望向忽然變暗的天空，紛紛尖叫出聲。

這也難怪。

籠罩空中的陰影並非烏雲……而是從天而降的瓦礫。

而這些瓦礫彷彿受到吸引，開始接二連三地落在圓形戰圈之上。

『發、發生了什麼事啦──!?

大樓、汽車，甚至是電車，突然一個接著一個落在戰圈上了！

難不成是被龍捲風捲進來的嗎!?』

並非如此。

的確，從瓦礫的數量及內容物來看，彷彿是龍捲風剛掃過一個城鎮似的。

但如果是自然現象，這些瓦礫不可能會一**點都沒落在觀眾席上，全數掉進戰圈中**，太不自然了。

這是人為的現象。

引發現象的犯人，就是那名小丑。他的笑容，彷彿在嘲笑整個陷入混亂的會場。

〈小丑〉平賀玲泉，除此之外沒有別人了。

他將絲線延伸至會場外，將灣岸區的廢墟，或是無人的列車、廢棄車輛全都帶進會場裡。

他這麼做究竟是為了什麼？

理由立刻揭曉。

『什、什麼！從空中落下的瓦礫堆開始合體了！而且形狀看起來……是人!?是人型！大量的瓦礫有如磁鐵一般互相吸引、結合，組成了巨大的人偶！』

（那是……………！）

觀眾席上的黑鐵一輝，以及戰圈上的史黛菈・法米利昂認得這具人偶。

就在暴風雨的那一天，他們在奧多摩見過**這具人偶**！

無機物們藉由絲線相互組合，製作出巨大提線人偶的伐刀絕技——

「〈機械降神（Deus ex machine）〉——呵呵，看起來就像巨大機器人一樣，很帥氣吧？」

瓦礫堆緩緩成形，組成約有五十公尺高的瓦礫人偶。
這就是〈小丑〉——不、〈人偶師〉平賀玲泉的王牌。

◆◇◆◇◆

史黛菈仰望著戰圈上的瓦礫巨人，微微咂舌。
「……集訓場的那玩意果然就是你幹的啊，就時機而言，我早就在懷疑你了。」
「呵呵呵，當時我的人偶們受妳關照了。」
平賀的聲音彷彿是從瓦礫巨人中傳出。
他應該是在瓦礫合體的途中，進到巨人的身體裡。
從內側操控的人偶，簡直就是巨大機器人。
於是——
「當時〈雷切〉可讓我吃了大苦頭——不過，這座〈機械降神〉和當時的泥土堆可不一樣呢。藉由龐大的質量使出重擊！就算〈紅蓮皇女〉也撐不過半刻！」
平賀的王牌終於成形，眼見時機成熟，立刻攻向史黛菈。
八輛車廂組成的電車車體宛如鞭子似的，揮向戰圈上的赤紅騎士。
這一擊不只擊潰了區區一名人類，甚至擊碎了戰圈，震撼整個會場。
『太強烈了————！〈機械降神〉手上的電車鞭子，瞬間炸碎了戰圈————！四分之一的戰圈化為粉塵！四周頓時沙塵紛飛！史黛菈選手沒事嗎!?』

當然不可能沒事。

雖然車廂本身是不鏽鋼製，相對較輕，但電車的重量可是「噸」的境界。

這種東西要是像鞭子一樣砸在人類身上，一擊就會灰飛煙滅。

連屍體都會面目全非。

不過──

「這一擊要是命中了，的確不會有好下場──不過木偶慢吞吞揮出來的鞭子，根本不可能擊中我！」

下一秒，赤色閃光刺穿塵埃的煙幕，飛身而出。

不是別人，正是環繞火焰的騎士，〈紅蓮皇女〉史黛菈・法米利昂。

她靈巧地閃過列車鞭子，乘著因為衝擊噴出的塵土躍上天空。她使勁一跳，落在〈機械降神〉的右手上，接著一鼓作氣奔上巨人的肩膀，一劍砍下以大卡車為中心組成的瓦礫頭部。

頭部從根部被斬斷，摔落地面，彷彿摔碎的玻璃杯，碎片四散。卡車的車體、紅綠燈，甚至是瓦斯罐車等等，喀啦喀啦地灑落一地。

史黛菈降落在七零八落的瓦礫當中──

「你趁著那位女僕和我戰鬥的時候，似乎花了不少時間才準備了這具人偶。可惜的是──我只要一分鐘就能讓它變回廢鐵了。」

她強勢一笑，同時這麼宣誓道。

宣誓自己的勝利。

但是——

「呵呵，哈哈哈。」

〈小丑〉嘲笑著史黛菈。

「有什麼好笑的？」

「不好意思，看來妳似乎誤會大了呢。這具〈機械降神〉早在妳和科黛小姐開始戰鬥之前，就已經準備好了。我的時間主要是花在另外一具人偶身上。」

「——!?」

史黛菈原本已經肯定自己的勝利，下一秒，一股壓迫感以及戰慄瞬間爬上她的背脊。

這股壓迫感是來自於〈機械降神〉裡的〈小丑〉？

不，不是他。這股戰慄並非正面而來，**而是背部**。

（——這是什麼感覺？）

史黛菈不清楚，但毫無疑問——

（很危險！）

史黛菈順著直覺，使勁蹬地。

她沒有做任何受身或防護，名副其實地直接投身一跳。

同時——史黛菈剛脫離的地面、不，是她原本站立的空間本身**瞬間凍結**。

「這股力量是…………！」

綻放於地面的冰柱之花。

能夠凍結大氣中所有水分的能力。

只有一個人能辦到。

「〈死神魔眼〉，是〈冰霜冷笑〉……！」

史黛菈望向傳來戰慄的方向。

〈冰霜冷笑〉靜靜佇立著。

死神之眼閃爍著與方才完全不同層級的藍白色魔力——

◆◇◆◇◆

鶴屋瞳孔中的光芒瞬間轉化為魔法。

絕對零度的寒氣隨著視線一同飛來。這股寒氣彷彿要將鶴屋與史黛菈之間的所有物體全數冰凍，一邊築起冰柱劍山，一邊襲向史黛菈。

『〈冰霜冷笑〉鶴屋美琴選手此時再次展開攻勢！

〈死神魔眼〉朝著史黛菈選手接二連三地攻去！

對此，史黛菈選手則是開始四處逃竄，避免進入鶴屋選手的視野之中！

〈紅蓮皇女〉不只是攻擊力，連機動力也是萬中選一！

但是在剛才，〈妃龍羽衣〉輕易破解了〈死神魔眼〉！

史黛菈選手為何還要拚命逃跑呢!?』

『……她和剛才完全不同，技能本身的威力直接翻倍了。你仔細瞧瞧。就我所知，〈冰霜冷笑〉的攻擊範圍只有以視野的焦點為中心，直徑三公尺左右的球狀空間，她只能將這個範圍的空氣降為絕對零度。但是現在的她冰凍了**視線上的所有物體**……伐刀絕技本身的威力上升了一整個位數。她竟然還隱藏著這樣的殺手鐧……實在令人吃驚啊！若是她現在的伐刀絕技，甚至能冰凍〈紅蓮皇女〉的火焰本身也說不定……！』

牟呂渡這麼解釋道。而就在同時，鶴屋等到了千載難逢的機會。

史黛菈在戰圈上快速移動躲避攻擊，但是鶴屋的伐刀絕技等同於光速，就算是她很難持續閃躲下去。

她越是拚命閃躲視線，就越輕忽周遭的狀況——於是〈死神魔眼〉冰凍空間所製造出來的冰柱之牆包圍了她的左右。

『哎呀——！話才剛說完，史黛菈選手就被逼進死路之中了！萬事休矣!?』

史黛菈已經毫無退路，理所當然，鶴屋將史黛菈納入視野中，釋放絕對零度的目光。

但是——史黛菈可不會乖乖束手就擒。

史黛菈將所有〈妃龍羽衣〉的火焰纏繞上〈妃龍罪劍〉，將之化為炎劍——

「哈啊啊啊啊！」

斬飛死神的目光。

『她、她用劍彈開了啊——！〈紅蓮皇女〉果然不會這麼簡單就被摺倒啊！』

『不過請各位看看她的靈裝——！』

『咦………？』

主播與觀眾們聽見牟呂渡這麼一說，視線轉向〈妃龍罪劍〉。下一秒，所有人倒抽一口氣。

『這、這是……！這實在太驚人了！史黛菈選手的靈裝〈妃龍罪劍〉……竟、竟然結冰了——！』

『喂，真的假的啊！』

灣岸巨蛋頓時滿是驚呼。

簡單的說，火術士的靈裝等同於太陽的中心。

這個部位釋放的熱能最高。要想凍結這個部位，可說是難如登天。

而史黛菈自己見到這個場面，心中的動搖更是非比尋常。

（騙人的吧………）

她立刻將火焰聚集到〈妃龍罪劍〉上，試圖解凍——

『融、融解不了啊！這塊冰承受了史黛菈選手的火焰，卻只融解了一小塊！這是何等力量啊！』

（竟然連我的火焰都無法解凍……！）

史黛菈不禁捏了一把冷汗，瞪視眼前的死神。

「鶴屋學姊，妳人也真壞，竟然還藏了這一手。」

「…………」

史黛菈話語雖然略帶諷刺，卻是打從內心讚賞著鶴屋。鶴屋則是毫無反應。

她不屑敵人的讚美嗎？

史黛菈一開始雖然這麼想……

「——？」

史黛菈從鶴屋的表情，察覺到異狀。

她原本以為，鶴屋會露出得意的微笑，嘲諷眼前的敵人有眼不識泰山……但卻並非如此。

鶴屋的雙瞳無光，身軀無力。渾身……毫無生氣。

沒錯——**宛如人偶一般**…………

『我的時間主要是花在另外一具人偶身上。』

「————!!」

剎那之間，史黛菈得出一個令人毛骨悚然的可能性。

「平賀……！你該不會…………！」

而這個可能性——

「唔嘻嘻嘻。沒錯，就如妳所想。」

成真了。

沒錯。平賀玲泉稍早所說的**另一具人偶**。

那就是一直站在他身旁的鶴屋美琴。

他趁著夏洛特引開史黛菈的注意力，以自身的靈裝〈地獄蜘蛛絲〉（Black Widow），悄悄伸進鶴屋的耳朵，抵達大腦，侵入了她的神經，連鶴屋自己都渾然不覺。

他從鶴屋手上奪走了她身體的操控權——將她化為自己的人偶。

這才是〈人偶師〉平賀玲泉真正的殺手鐧——

「〈提線人偶〉（Marionette），雖然這一招稍嫌單調，但是正是因為它簡單，才顯得強大呢。」

〈提線人偶〉不只能將他人化為悲哀的活人偶。

當絲線直接侵入腦中，腦內的電子信號全都掌握在平賀手中，所以他能輕易地卸除某樣事物。

那就是人類的自衛本能。

並且強行引出人類真正的極限。

〈冰霜冷笑〉的能力會急遽提升，全都是源自於此。但是——

「但可惜的是，人類沒辦法承受自己的**全力**呢。」

平賀這麼低語的同時。

——鶴屋的眼球湧出宛如汙泥般的血滴。

「鶴屋學姊……！」

「公主殿下要是繼續無謂的掙扎……她的眼球搞不好會因此破裂喔。要治療這樣的傷口倒還容易……不過我的絲線早已深入她的大腦中。這名女孩和我們曉學園、妳的復仇毫無關係，完全是外人……她是如此美麗，之後還有好長一段人生，卻只能活得像一叢毫無自我的植物。妳不覺得她很可憐嗎？」

「你想威脅我？」

「沒錯，就是這麼一回事。」

「……你的同伴雖然不是什麼正經人物，卻也賭上他們的自尊，堂堂正正地和我一戰。可是……你根本不想好好戰鬥嗎!?」

「沒錯，完～全不想。」

「…………！」

史黛菈猛地咬緊牙根，彷彿要咬碎牙齒一般。

然後她肯定了一件事。

平賀玲泉這個男人和多多良等人這樣的**惡人**完全不同——他本身就是**邪惡**。

史黛菈身為皇族，所以她很清楚，這個世上的善惡是多麼脆弱又善變。〈解放軍〉打算建立伐刀者的世外桃源，從另一個角度來看，他們也稱得上是善。所謂的惡人也不過是這種程度。

但是……眼前的小丑並非如此。

他以他人的痛楚為樂，藉著散播痛苦愉悅自身。他是真正的邪惡，絕對的惡者。

「妳似乎誤會了什麼呢……我們的目的不是從這場戰鬥獲得名譽。勝利，我們要的只有這個。二流的殺手才會屈就於手段本身，真正的職業殺手會以達成委託(Order)為首要目的。所以我不會迷惘，不會猶豫，**不會手下留情**。〈紅蓮皇女〉，還請妳充分理解這點再做選擇。好了…………妳・該・怎・麼・做・呢？」

他的語調滿是漆黑般的愉悅。他的輕聲低語輕撫史黛菈的耳邊，點燃她體內的怒火，五臟六腑彷彿瞬間沸騰。

但是不論史黛菈想怎麼做……她根本沒有其他選項。

「……沒品的混蛋。」

史黛菈吐出一句汙辱，同時毫不猶豫地放開〈妃龍罪劍〉。

噹啷一聲，〈妃龍罪劍〉落在戰圈上的瞬間——

「呀啊啊啊啊啊啊啊啊————!!」

於是，〈機械降神〉的鞭子終於砸中史黛菈的身軀。

（一切都按照劇本進行呢。）

史黛菈拋下劍，呆站原地，電車鞭子接二連三揮向她。〈機械降神〉中的〈小丑〉平賀玲泉已經能確信自己會獲勝。

不，自從這場比賽開始的瞬間，他早已肯定自己這方會獲勝。

當史黛菈提出不合常理的處罰，強行把曉拉進戰圈之時，平賀馬上就察覺她的目的。她想要為日前破軍學園遭襲之事復仇。

（明知道自己會陷於不利，卻特意挑戰不合理的戰鬥，只為了幫受害的夥伴們復仇。呵呵，真是美好啊。她的好心腸實在值得尊敬呢。）

而她那高潔的靈魂，溫柔的心靈——

（真是好控制呢。）

就算不用絲線，單靠隻字片語就能隨心所欲地操控她，有趣極了。

這樣善良的人不可能會犧牲無辜的鶴屋，來達成自己的目的。

只要抓鶴屋當人質，就能讓她放下劍，使她喪失戰意。

平賀在比賽開始時，心中就已經寫好這場戰鬥的劇本。

而他的計謀徹底吞噬了史黛菈。

『〈機械降神〉揮動列車鞭子，數度砸向地面！

史黛菈選手沒事嗎？戰圈上塵土飛揚，從主播席上完全看不清楚狀況！

而且更奇怪的是，平賀選手展開密集攻擊的前一刻，史黛菈選手竟然拋下自身的靈裝——〈妃龍罪劍〉！

史黛菈選手究竟是為了什麼，才會在戰鬥中拋下武器呢!?』

『……不論她有什麼企圖，這樣的狀況實在太危險了。』

戰圈上的主審似乎也抱持同樣的想法。

他似乎正在找時機中止比賽。

平賀探了探周圍的狀況，再次揮下一鞭後，順勢停手。

布滿瓦礫巨人細部的絲線，透過電車確實感受到撞擊**肉塊**的觸感。

她不可能像剛才一樣四處躲避。

這就夠了。

平賀的目的並不是要殺了她。

平賀認為，現在只要讓主審見到史黛菈身陷地面、倒臥在地的身影，主審就會宣布比賽中止。

於是，當平賀停手後，掀起的塵埃漸漸散去。

『飛舞的塵土終於開始散去了，史黛菈選手究竟……——!?』

能否平安無事。主播本想這麼說道，卻頓時語塞。

緊接著，關注著比賽的觀眾們彷彿忘了呼吸似地瞪大雙眼。

為什麼？

是因為塵煙散去後，戰圈中央的大洞中出現大灘的血泊？

——並非如此。

他們見到的，是身在血泊之中的史黛菈。儘管她頭部血流如注，卻始終抬頭挺胸，傲然挺立在戰圈上，瞪視著〈機械降神〉。

『難、難以置信！史黛菈選手竟然不躲不閃，文風不動佇立在原地承受住那般猛攻！她的耐力簡直是另一個次元，多麼驚人啊啊啊啊！』

戰圈承受打擊後早已粉碎，下方的紅土甚至被掀了出來。史黛菈承受了這樣的打擊，她的身軀依舊不見絲毫動搖。甚至連平賀也不禁為她的耐力大吃一驚。

「妳真是頑強到令人傻眼呢。勝負已定，妳何不乖乖倒地呢？」

平賀低語的語調蘊含著些許煩躁。

史黛菈聞言，則是疑惑地歪了歪頭。

「……勝負已定？你在胡說什麼啊？」

「胡言亂語的人是妳吧？妳自己不是拋下劍了嗎？」

沒錯，在她放開劍的同時，這場比賽就已經定了勝負。

只要鶴屋這個人質還在平賀手上，史黛菈就無計可施。

劇本就是這麼寫的。

不過……這只是平賀擅自評價史黛菈・法米利昂這名騎士的器量，從中導出的結果。

不久後，史黛菈點點頭表示理解——

「傻——瓜。」

染上鮮血的臉蛋浮現微笑，打從心底嘲笑著平賀。

沒錯，她拋下劍，才不是因為屈服於以人質為擋箭牌的平賀。

「我會丟下劍——是因為我不想用身為騎士之魂的劍，去砍你這種沒品的傢伙。騎士的劍是為了榮耀之爭而存在。我的靈魂不允許我用這把劍來對付像你這樣的男人……！」

「…………！」

「我原本很不想動用這一招，畢竟這招**很需要別人的輔助**。不過這次就特別讓你見識見識。」

史黛菈這麼解釋道。同一時間，不只是與之相對的平賀，就連會場內的所有人都見到了**那個**。

至今只有**敏銳的動物**才見得到。

史黛菈背後浮現著的那道身影——比瓦礫巨人更加龐大的紅蓮炎龍。

當然，這條巨龍並非實際存在，而是從她的威嚴之中產生的幻覺。

史黛菈的魔力非比尋常地高漲，甚至光靠威嚴就能展現出這副影像。

「鶴屋學姊他們還在場上，所以我只用〈幻想型態（刀背）〉……你就安心的去見閻王吧！」

史黛菈語畢，便大口吸氣。

平賀見到她的動作，心中不禁漏了一拍。

——糟糕。

不能繼續讓這名少女輕舉妄動。

平賀長年生存在地下社會的本能這麼告訴自己。

他毫不猶豫聽從心中的忠告。

他立刻對侵入鶴屋腦內的〈地獄蜘蛛絲〉送入指令，驅使她使用〈死神魔眼〉。

「〈提線人偶〉——！」

他的行動相當迅速。

遭到操控的〈冰霜冷笑〉以雙瞳徹底冰凍史黛菈。

但是——

龍的脈動仍未停歇。

連同空間本身一同結凍的冰棺中，緋色雙瞳蘊藏著憤怒。

巨龍——咆哮。

「〈暴龍咆吼(Bahamut Soul)〉！」

世界的色彩，連同這句話語一同消逝。

無法辨識色彩的光之風消去了顏色。

灼熱風暴。

史黛菈全身釋放出全方位的暴風，席捲周遭，轉眼間便吞噬了〈機械降神〉、遭到操控的〈冰霜冷笑〉——以及戰圈上的一切。

觀眾席前方最邊緣的**透明的牆壁阻擋了暴風，暴風才停止侵襲**，升上高空。

最後化為巨大的光柱——燒灼著天空。

大約二十秒後。

耀眼到無法直視的高熱光芒終於退去後，場上什麼都不剩。

本來位在觀眾席下方的戰圈已經融化，包圍戰圈外圍的草皮灰飛煙滅，紅土焦黑，這幅沙漠景象令人聯想到原始的地球。

如此大規模的爆炸，位在近距離的〈機械降神〉當然不可能沒事。〈機械降神〉的水泥肌肉早已融解，徒留焦黑的鋼鐵骨架，當場潰散一地。

◆◇◆◇◆

「哎呀呀……這真是、失策、了呢……」

平賀打從心底後悔自己思慮不周，連同燒毀的瓦礫一起墜落地面。

方才的力量，那聲咆哮吞噬了戰圈上的所有事物。
她要是一開始就使用這一招，比賽早就結束了。
也就是說，只要史黛菈有那個意思，她隨時都有辦法單方面結束比賽。
但是她沒有使用。
為什麼？
理由只有一個。
〈暴龍咆吼〉的威力太過強大。
〈暴龍咆吼〉的射程不只是整個灣岸巨蛋，甚至連周遭的鬼城都能一起吞沒。而戰圈的直徑約為一百公尺左右，完全無法容納這樣的攻擊。
就算她開啟〈幻想型態〉，也不應該在屋內的比賽中使用。
〈幻想型態〉只對人體無害，史黛菈自己無法控制的灼熱之力會徹底破壞周遭的設施。
一個不小心，她甚至能將〈七星劍武祭〉祭典本身毀於一旦。
史黛菈若要使用這一招，必須仰賴她口中的「輔助」。
藉由周遭的輔助，將史黛菈的力量壓制在戰圈的範圍內。
這一招從一開始就必須仰賴第三者的輔助才能使用。
而騎士之間賭上榮耀的一對一對決，不可能使用這種技巧，這違反史黛菈的美學。

因此她不打算仰賴這種招數。

她就在不需要動用他人力量的領域中，持續奮戰。

但是──〈小丑〉平賀玲泉自己冒犯了史黛菈的作風。

他以〈提線人偶〉來威脅她，跨過了那一道防線。

對史黛菈來說，從那個瞬間開始，這場比賽就不再是**決鬥**，而是**掃除**。

（真是失算了，不應該將她從**名為勝負的枷鎖中**解放出來。絕對不能這麼做。）

平賀深深理解到，這就是自己的敗因。

而平賀的上頭籠罩了陰影。

他抬頭一看。暴風吹飛了雲朵，夏日的天空晴朗無雲，而史黛菈的身影彷彿從中切下一塊，形成了陰影。她俯瞰著平賀。

她的眼神滿是厭惡，像是看到髒東西一樣。

平賀非常理解原因。

她見到平賀的身體後──心中肯定是傻眼到極點。

平賀摔落在地面的身體……並非人類的軀體。

那是鋼鐵與樹脂做出來的機器人偶。

沒錯。〈小丑〉平賀玲泉這個人類，一開始就不存在於世界上。

他只是由〈解放軍〉中最高明的〈人偶師〉所操縱的人偶。

不過這個男人都能稀鬆平常地在公開場合抓人質，當然不可能堂堂正正的一決勝負。

更不可能自己出現在戰場上。

史黛菈也隱約察覺到這件事。

俯瞰平賀的雙瞳沒有驚訝，只浮現淡淡的冷漠。

於是——

「看來……妳並非能玩弄在掌中的對手（人偶）……這場勝負是妳贏——」

平賀正打算吐出字面上的讚美，下一秒，史黛菈毫不猶豫地踩碎平賀焦黑的面孔。

她和他無話可說，也沒興趣聽他多說一句。

她只是粗魯地踩碎了他，彷彿踩扁空罐一般。

平賀玲泉這個男人對史黛菈來說，根本只是個**無關緊要**的傢伙。

而同時，立於戰圈的人類只剩一人，史黛菈的處罰宣言開啟的B區第四場比賽，正式拉下布幕。

◆◇◆◇◆

『這實在是峰迴路轉啊！史黛菈選手拋下劍，遭到平賀選手一陣亂擊。正當大家以為史黛菈選手即將敗北的瞬間，她釋放出強光，名副其實地將戰圈上的一切燃燒殆盡！站在戰圈上的人只剩下史黛菈選手……就連主審也遭受波及，因此昏厥了！沒想到她竟然還隱藏著這種力量……』

『不，我認為她並沒有隱藏實力，只是單純不想用而已。』

『這是什麼意思呢？』

『剛才的招數——〈暴龍咆吼〉乍看之下，只是將魔力的瞬間輸出量提升到極限之後，全力釋放……用非伐刀者的各位比較聽得懂的方式來解釋好了。這種魔法相當簡單，**總之就是放聲大吼**。

所以施法相當迅速，威力也非常高。

但是它越是強力，就越難控制。

證據就在於，她連主審都一起捲進去了。若不是觀眾席上待機的各位魔法騎士在戰圈周圍布下屏障，很可能會波及觀眾席。這樣一來，恐怕整個灣岸巨蛋會徹底灰飛煙滅，是一種非常危險的招數。這種伐刀絕技可能會將無辜的第三者捲入攻擊之中，本來就不應該任意動用，這是騎士的常識。因為這違反了騎士的本分——『擁有力量之人應該守護無力之人』。』

『原、原來如此。也就是說，史黛菈選手被逼到不得不動用這種技能嗎？』

『——不……或許並非如此。』

牟呂渡搖了搖頭，俯瞰著立於焦黑大地上的勝者。

他的眼神彷彿蘊含著敬畏。

為什麼——

因為他察覺史黛菈方才動用〈暴龍咆吼〉的深意。

『剛才那一擊或許只是個測試。』

『測試？她究竟想測試什麼呢？』

『她在測試運作這場大賽的人的實力。她剛才在確認，是否會因為自己拿出真本事大鬧一場，而毀掉整場大賽……這名少女真是大膽。我還是第一次看到**選手測試營運方**啊。』

牟呂渡察覺到的真相，的確是事實。

史黛菈會顧慮對手以及周遭，無意間保留實力。

正因為史黛菈擁有與生俱來過強的能力，才會有這樣的習慣。

〈夜叉姬〉西京寧音察覺這件事後，在離別之際給了她忠告。

她要史黛菈在這場大賽裡**試著拋開這樣的顧慮**，只要一次就夠了，而且是越早越好。

『這次的七星劍武祭還有小黑在。她布下的防禦，可沒有弱到要小孩（小鬼）子來擔心或是自我控制啦。』

正如西京所說，史黛菈在那個瞬間全力使出〈暴龍咆吼〉，而她的攻擊絲毫沒有傷到觀眾席。

因為史黛菈使出〈暴龍咆吼〉的剎那，數名伐刀者展開行動，布下重重防禦網。

多虧他們迅速的行動，史黛菈認知到自己的顧慮是多餘的。

以他們的熟練度來看，就算選手稍微亂來一點，也能平安度過。

不愧是日本的騎士。他們在聯盟之中稱得上是數一數二的強大。

不過最讓史黛菈意外的是——

「沒想到你會是第一個行動呢——王馬。」

在布下的數層防禦網裡。

其中就屬那道風牆最為快速，立刻就將史黛菈的〈暴龍咆吼〉捲上天空。這是〈烈風劍帝〉黑鐵王馬布下的防禦。

他究竟有什麼企圖？史黛菈雖然不清楚他的目的，但她的心情實在稱不上愉快。

是因為他幫了自己一把？

還是因為他竟然能完美封住自己的力量。又或者是兩者都有——

王馬從觀眾席最高的位置往下俯瞰著自己。史黛菈則是淡淡一瞥王馬——

（算了，不論是什麼形式，結果完美就好。）

她馬上移開視線，赤紅髮絲宛如焰火般搖晃，悠然地離開面目全非的戰圈。

◆◇◆◇◆

「有勞你了。不愧是我國引以為傲的A級騎士，竟然能承受那樣龐大的力量，實在值得讚賞。我國能有像你一樣可靠的年輕人，真是令我寬心啊。」

觀眾席的一角，貴賓室的最上層。

日本總理大臣，曉學園的理事長——月影獏牙待在這裡觀戰，他拍手讚賞著身穿和服便裝的少年．黑鐵王馬。

而他的掌聲，當然是因為他從史黛菈的火焰中保護了觀眾。

「不過新宮寺應該會好好應對這些。你身為選手，不需要輕舉妄動，應該好好保留實力才是啊。」

王馬瞧也不瞧月影，只是開口答道：

「我可不希望有任何萬一。要是讓她有了多餘的顧忌，讓她再次保留起實力，那可一點都不有趣。」

王馬的雙眸筆直注視著下方的赤紅騎士。他的眼神銳利得彷彿能貫穿一切。

此時，史黛菈剛好抬頭仰望著王馬，兩人短暫相望。

尖銳的視線蘊含著殺氣，彷彿鋒利的刀尖。

她明明曾經慘敗在王馬手下，眼中卻不含絲毫的畏懼。

瞳孔深處閃爍著勇猛的霸氣，充滿自信與力量。

王馬注視著史黛菈的眼瞳，難得地笑了。

「——真是令我心動啊。」

她的氣息和以前完全不同。

在那之後的一個星期，她想必過得相當充實。

（為了勝過我。）

這樣就對了。

〈紅蓮皇女〉應該邁向更高的巔峰。

要是她只和〈落第騎士〉這樣低階的對手較勁，根本沒辦法活用她的才能。

王馬就算擊敗這樣的史黛菈，也沒有任何意義。

這樣一來，**王馬就沒辦法達成自己的心願**。

（看著我，以我為目標吧。這也是為了妳自己……）

於是因史黛菈提議而開始的四對一，B區的第四場比賽，〈冰霜冷笑〉雖然多了曉等三名夥伴，史黛菈仍舊擊敗了所有人，順利獲勝。

史黛菈壓倒性的力量，甚至吞噬了主審，主審因此昏厥，無法做出勝者判決。但是史黛菈獨自踏著焦黑的大地，威風凜凜地走向閘門。所有人看著她的身影，心中已經有了肯定的答案。這場戰鬥的勝者，正是稱霸B區比賽的〈紅蓮皇女〉。

這也是理所當然的。史黛菈面對自己以外的所有B區成員，並且全數擊敗，一人不留。她贏得的第一輪第四場比賽，實際上等同於稱霸了B區。

而觀眾們的肯定也化為現實。

原本應該第二輪的B區第二場比賽，是由多多良幽衣對上史黛菈，不過多多良幽衣卻被醫生判定無法比賽；B區第一場比賽的成員之一，風祭凜奈主動棄權，唯一剩下的平賀玲泉，因為本人並未上場比賽，因此判定失去比賽資格。〈紅蓮皇女〉史黛菈・法米利昂只靠著一勝，就比所有人還要早進軍七星劍武祭準決賽。

破軍學園壁報

角色介紹精選　　　　文編・日下部加加美

YUI TATARA

多多良幽衣

■PROFILE

隸屬：國立曉學園一年級

伐刀者等級：B

伐刀絕技：完全反射

稱號：不轉

人物簡介：隸屬於解放軍的殺手

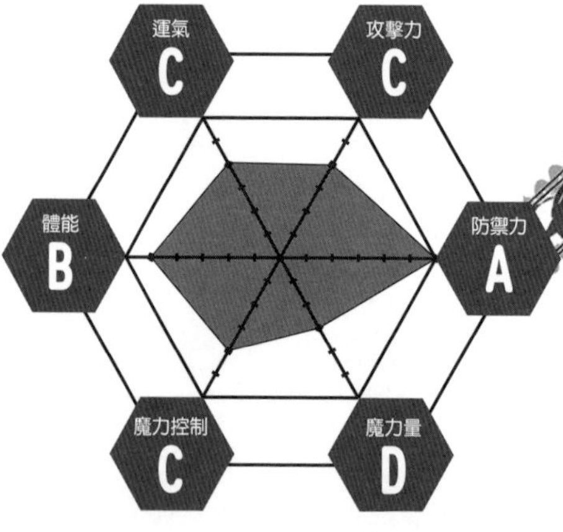

加加美鑑定！

她不只是打擊或斬擊，甚至連火焰、雷擊等魔法攻擊全都能一一反射，是一名等級相當高的〈反射術士〉。她的體能相當高，其中就屬動態視力最為優秀，所以幾乎是無機可趁，非常難以應付……不過也有怪物能正面突破她的反射呢～

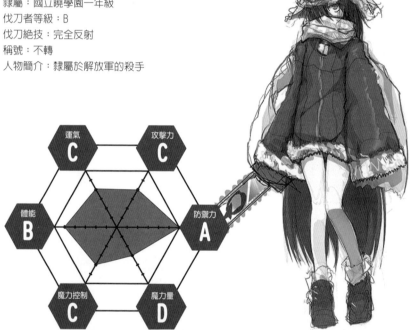

第六章　初戰終了

史黛菈離去之後，有栖院靠在前方的扶手上，大大鬆了口氣。
「呼，終於贏了。一開始還真不知道她會出什麼事，這下鬆了口氣呢。」
「就是說啊。哥哥的比賽就已經讓我看得捏了把冷汗，不要連她也一樣。」
「真不好意思啊。」
莫名被刺了一下，一輝只能苦笑連連。
三人見到親友平安獲勝，安心感使得他們周遭的氣氛緩和下來。
但這場比賽的破壞性結局，依舊帶給〈白衣騎士〉藥師霧子不小的衝擊。畢竟她和史黛菈完全沒有來往。
「……這一招真是太厲害了。灼熱之力籠罩整座戰圈，而且瞬間就將這麼廣大的空間燃燒殆盡。就算汽化自己的身體，這麼誇張的熱能，恐怕會直接燃盡汽化的身體細胞呢。能提早見到這招真是萬幸啊。」
「的確，我也有同感。在和史黛菈同學的戰鬥中，最好極力避免使用〈水色輪迴〉啊。」

不過，〈暴龍咆吼〉這樣的特大範圍攻擊，甚至能輕鬆吞沒整個戰圈，單靠體術不可能完全迴避。過於誇張的劣勢讓珠雫不得不嘆氣。

「看來史黛菈同學經過〈夜叉姬〉的特訓之後，獲得非常了不起的力量呢。難怪她會自信滿滿地入場，還放水提出四對一的比賽。哥哥，您說是嗎？」

珠雫尋求一輝的認同。

一輝聞言，卻搖了搖頭。

「……不，我不這麼覺得。」

「咦？」

這個說法有什麼錯誤？

珠雫以為史黛菈得到不同凡響的實力，就是〈暴龍咆吼〉。錯就錯在這一點上。

「〈暴龍咆吼〉並不是經過西京老師的特訓之後才習得的。因為這種程度的招數，**史黛菈早在剛入學不久就已經學會了**才對。」

「是、是這樣嗎!?可是我從未見她使用過啊？」

「我們沒見過也是很正常的。那種無差別魔法，不可能在有觀眾的情況下使用。」

「我也認同這點。」

理事長．黑乃也同意一輝的說法。

「牟呂渡前輩用『總之就是大吼』來形容〈暴龍咆吼〉。正如他所說，這種伐刀絕技是一開始就不去控制力量，並不需要什麼特別的技巧，不論是誰都可以使用。所以原本就不需要特別去做特訓來習得……雖說她變得信賴周遭的人，願意放手一搏，某方面來說也算是成長了，不過她經過一星期的特訓，得到的成果只有這樣，未免太過貧乏。」

「所以這並不是特訓的成果嗎？」

一輝搖搖頭否定了珠雫的提問。

「我覺得不是。史黛菈入場的時候，我確實從她身上感受到堅定的信念與信心。一週前剛敗給王馬大哥的史黛菈身上並沒有這樣的霸氣。所以史黛菈在與西京老師的特訓過程中，應該習得了某種事物，讓她能將敗北的打擊轉換為對再戰的期待。但那應該不是〈暴龍咆吼〉。」

也就是說──

「史黛菈展現出來的力量，還不過只是九牛一毛罷了。」

「「「…………！」」」

包括珠雫在內，在場所有人聽完一輝的解釋，渾身一震。

她們想起來了。

在剛才的戰鬥中，那抹曇花一現的幻影。

浮現在史黛菈身後的擎天巨龍。

她的壓迫感甚至能讓人產生如此龐大的幻影。由此可見，一輝的主張並不誇張。

而和這樣的人參加同一場大賽，只能說是惡夢一場。
珠雫等人的神情會如此緊繃，也是理所當然的。
而一輝雖然第一個提出這有如惡夢般的想法，他的表情卻完全不同。
他一點都不緊張，甚至面帶微笑。
（……妳真是太迷人了。）
的確，光是想到自己該怎麼贏過這樣的對手，心情就會特別沉重。
但比起自己，一輝更為她感到開心。
因為史黛菈終於重新振作，得到更強的力量後回到他身邊。
『我從來都不知道，原來弱小這件事，是這麼的痛苦……』
——他不忍心見到史黛菈飽受打擊、沮喪不已的身影。
看了就覺得心痛。
他希望她不論何時總是高高在上，綻放光彩。
有如天空中閃耀的明星。
這樣的她，才值得自己追逐。
（又希望她能比誰都接近自己，又希望她能比誰都遠離自己——我真的很任性呢。）
一輝默默思考這些的同時，時間悄悄流逝——

『敬告會場的各位貴賓：
接下來進入二十分鐘的休息時間，以便進行清掃以及再次設置戰圈。
待作業結束後，開始進行D區比賽。
請D區選手前往準備室集合。』

會場響起營運委員會的廣播。
廣播結束後，首先行動的是黑乃。
「修理戰圈應該會需要我的能力，我就先失陪了。」
黑乃說完，便叼著菸輕輕一跳，落在焦黑的戰圈外圍。
繼黑乃之後，分配在D區的兩人——珠雫與霧子也有了動作。
「好了，小妹，我們該走了。」
「是啊，我也差不多等煩了。」
原本輕鬆觀戰的兩人，將心思與神情切換至戰鬥模式。
或許是因為看了史黛菈的比賽。
兩人的眼瞳燃起強烈的鬥志。
有栖院則是聲援著兩人。
「我們會在這裡幫妳們打氣的，妳們兩個都要好好加油喔。」
「謝謝妳，艾莉絲……不過哥哥請趕快去休息吧。太勉強自己的話，會影響明天的比賽呢。」

「不，珠雫，我沒事的。當然魔力沒辦法馬上回復，不過我在看史黛菈比賽的時候，就回復不少體力了。而且接下來可是我親愛的妹妹要上場，我會和艾莉絲一起在這裡為妳加油的。」

「謝謝您……」

珠雫聽見一輝率直又溫和的發言，不禁開心地彎起脣角。

不過她身後的霧子則是向一輝投去責備的眼神。

「哎呀呀~你不願意為人家加油嗎？大姊姊和黑鐵的交情就只有這點程度啊？」

「我們明明昨天才剛認識……不過，我當然也很期待藥師學姊的比賽。據說〈白衣騎士〉不只是一流的醫生，同時也是一流的騎士呢。」

一輝並不是在客套，而是真心這麼認為。

霧子至今自認為是醫生，並非騎士，所以從未參加過七星劍武祭。

不過根據傳聞，倘若她一年級時就參賽，最少也能進入四強。而前一天在宴會會場的交流當中，一輝也確認過了。她的實力的確名不虛傳。

她究竟會如何戰鬥，實在令人感興趣。

——而且一輝會對這場比賽感興趣，還有一個原因。

「……我也很在意藥師學姊的比賽對手。」

「我的對手？你是指曉學園的紫乃宮同學嗎？」

一輝點點頭。

沒錯。D區第四場比賽。

〈白衣騎士〉藥師霧子的出戰對手，是一輝無法忽視的人物。

那就是曉學園的紫乃宮天音。

「哼嗯，他在曉學園的成員當中，算是氣勢比較不顯眼的人物呢。你會在意他，是有什麼理由嗎？」

「……我不清楚。」

「不清楚？」

「我自己也不知道，為什麼我會這麼在意他。」

「戀愛了嗎？」

「絕對不是！」

一輝聽見這異想天開的誤會，馬上否定了對方，口水都快噴出來了。

「該怎麼說……我從他身上感受到無法言喻的詭異。」

「詭異啊……」

其實這股情感或許比較接近厭惡。

但是一輝不知道為什麼自己會這麼討厭天音。

若單純因為他是曉學園的成員，倒還簡單明瞭……

說得直接點，一輝從第一次見到天音開始，就很討厭他了。

因為什麼——不知道。所以一輝才更覺得怪異。

「〈落第騎士〉的專長可是『看穿』人的本質呢。既然你有這種感覺……紫乃宮同學或許隱藏著我們感覺不到的**某種要素**。我就暫且記住這點。」

「好的，請妳千萬要小心——」

正當一輝打算跟霧子道別——

「啊哈哈哈！一輝，我終於找到你了！」

「——!?」

有如少女般的高亢嗓音傳進耳中，同時某人從一輝背後輕輕抱住了一輝。

這股衝擊的力道相當輕巧，身後的人幾乎沒有使力。

但是——他卻令一輝頓時呼吸一滯。

淡色的金髮，稚嫩甜美的容貌，以及平易近人的表情。

抱住一輝的人，正是方才眾人話題中的男孩——紫乃宮天音。

◆◇◆◇◆

主審被〈暴龍咆吼〉波及而昏迷，無法判定勝利者。不過會場的電子布告欄立刻顯示獲勝者為史黛菈，並同時由實況播報宣布比賽結果。當然，營運委員會也將正式的比賽結果通報進行電視轉播的電視台，史黛菈初戰告捷的消息轟動了日本全國。

刀華遠在東京的病房內守候著史黛菈的比賽。而她也藉由電視得知戰果。

彼方則是守在刀華床邊，和她一起觀看史黛菈的比賽。彼方得知結果後，淡淡地彎起紅唇，有些意外地笑了。

「哎呀，只能說真不愧是她呢……我認為**我們將她逼進了牛角尖**，但實際上這個想法只是出自於我的愧疚，是我擅自這麼認為罷了。」

「等到比賽結束才知道，這場比賽根本是一邊倒，而且史黛菈同學感覺還是綽綽有餘。她真的很厲害呢。」

「她會就這樣直接奪冠嗎？」

刀華聞言，則是輕輕搖了搖頭。

「我不覺得會這麼簡單。〈烈風劍帝〉可是徹底封鎖了剛才的〈暴龍咆吼〉。她確實是優勝候補之一，但還不能肯定她會獲勝呢。」

「也就是說，這次的大賽會變成A級騎士們之間的抗衡嗎？」

「目前的確是這兩個人最有希望獲勝，不過我覺得還不能肯定這次大賽就只剩下他們之間的對抗戰，他們還沒有這麼突出。除了他們兩人之外，還有很多可能奪冠的選手呢。像是〈白衣騎士〉、〈深海魔女〉、〈鋼鐵狂熊〉，以及〈落第騎士〉。」

「這場大賽應該會很精采呢。」

「嗯……可以的話，我真的很想做為選手出賽。」

刀華這麼低語道，接著露出苦笑。

她已經接受自己輸給一輝的事實。

但是自己還是會脫口說出這番不甘心的發言。

(我也真的是很不服輸呢。)

「不如等大賽結束之後，再要求和他決鬥？」

「……呵呵，這也不壞。」

正當兩人隨意閒聊的時候。

刀華身旁的病床上——

「唔…………」

傳來了呻吟聲與衣物摩擦的聲響。

刀華和彼方聽見了聲音，猛地抬起頭望向隔壁的病床。

而睡在隔壁病床上的人緩緩坐起身。

那一名嬌小的男孩和刀華一樣陷入昏睡。他就是破軍學園副會長・御祓泡沫。

「小沫!?」

「……刀、華…………？」

「你醒了麼!?太好了……！還有哪兒疼麼？」

「呃……嗯……我沒事。」

刀華太過開心，語調不小心變成了方言。泡沫則是點點頭回應。

但是他的表情還有點恍惚，似乎還不清楚自己周遭的狀況。

「這裡是……病房、嗎？為什麼我會在這裡……」

「小沫……你不記得了麼？」

刀華回問道。泡沫再次點了點頭。

「雖然對方是使用〈幻想型態〉，不過副會長受的傷還是相當嚴重，削去的體力甚至讓他沉睡了一星期以上。或許是因為這樣的衝擊，記憶才會有些模糊吧。」

「嗯，應該是這樣。」

不過，這樣事情就簡單多了。

〈幻想型態〉不會引發肉體上的損傷。

也就是說，泡沫不可能因為腦部受損而引發記憶障礙，他的記憶必定還留在腦中。

那麼只要為他解釋狀況，他自然就會回想起來。

「曉學園的學生襲擊了學園，而我們和他們交戰之後，輸給他們了。還記得嗎？」

刀華清了清嗓子，恢復原本的語調，彷彿在對孩子說話一樣，柔和地勾起泡沫的記憶。

對此，泡沫則是——

「……曉、學園…………」

他低聲複誦，緊接著：

「～～～～～！」

他瞪大雙眼，繃起了臉。

然後慌張地從床上跳起來，質問著彼方。

「彼方！你剛剛說我睡了一星期以上，是真的嗎!?」

「啊、是，沒錯。」

「從你的反應來看，應該是想起來了。太好了。」

「啊、嗯……話是沒錯，比起這個，七星劍武祭——」

「正好是今天開賽呢。剛才黑鐵同學和史黛菈同學兩人都平安贏得第一輪比賽了。接下來D區比賽就要開始了，代替彼方出賽的珠雫同學也在D區呢。」

刀華一口氣說完至今的經過，期待泡沫能為一輝和史黛菈的勝利感到欣喜。

但泡沫聽完刀華的解釋，卻露出了意外的反應。

「怎麼會…………嘖！」

他臉色發青，踢開棉被衝下床。

他的身體雖然沒有受傷，身體卻沉睡了一週。

雙腳當然不聽使喚。

「啊呃！」

泡沫顏面朝下，從抗菌油氈製的病床上摔了下去。

「小、小沫!?」

「請你別太勉強自己。你已經睡了一週以上了，雙腳還沒辦法自由行動啊。」

「可是，要快點告訴他們才行！對了，學生手冊！我的學生手冊在哪裡!?」

泡沫雖然滿臉鼻血，但是他擦也不擦，開始摸索病服上的口袋。

平時神態脫俗的泡沫，難得露出如此明顯的焦急。

但正因為他的態度難得一見，也代表事態並不單純。

「小沫，你到底在急什麼？你是要告訴誰？要說些什麼？」

刀華開口問道。

他到底在焦急什麼？

泡沫則是——

「……不能、和他戰鬥……………！」

他以乾涸的喉嚨，痛苦地低語著。

「咦？」

「曉學園的……紫乃宮天音……！不能和那傢伙戰鬥……！要是和他一戰，一切都無法挽回了…………！」

紫乃宮天音。

刀華和彼方當然知道這個名字。

他是當時前來襲擊破軍的曉學園代表之一。

（話說回來，當時和他對峙的就是小沫………！）

刀華光是為了擊敗王馬，就已經拚盡全力，所以不清楚詳細情況──

「那男孩這麼強嗎!?」

泡沫則是搖了搖頭否定刀華。

「無關強或弱……他已經超越那個境界了。」

「超越那個境界……是什麼……」

「……當時我們以為他的能力是〈預知未來〉對吧？但是，我們都弄錯了，錯得離譜。他的能力──根本不是〈預知未來〉！那是一種更加惡劣、凶暴，絕對的力量！不能和他戰鬥……！不能和他扯上關係……！

絕對……贏不了他的！」

◆◇◆◇◆

「一輝，好久不見！恭喜你贏得第一輪比賽！」

「天、天音……」

天音突如其來的登場，令一輝表情一抽。

雖然他本來就不擅長應付天音，但除此之外……一輝稍早的發言就像是在抹黑天音，這更讓一輝尷尬。

但是天音渾然不知，就像一隻搖著尾巴的小狗，對著一輝撒嬌。

「我看了剛才的比賽了！你真的超～～～級帥的！所以我一直在找你，想趕快恭喜你啊——♪」

「呃……謝謝你。」

「該道謝的應該是我啊！我竟然能親眼見到一輝的戰鬥！身為粉絲，能夠親眼見到偶像帥氣的一面，還有比這更開心的事嗎！而且你真的好厲害啊！沒想到你竟然偷學了〈比翼〉小姐的劍術！你和〈獵人〉的比賽雖然也很帥氣，但是就我看來，〈模仿劍術（Blade Steel）〉感覺只是〈完全掌握（Perfect Vision）〉的附帶技能罷了……可是根本沒這回事呢！而且啊，那叫做〈蜃氣狼〉對不對？我曾經在動畫網站上看過一次，不過因為是偷拍，畫質實在太差了，影片卡卡的看不太清楚。原來那是用來擾亂敵人的招數啊！一輝明明沒有異能，卻能辦到這種事，真的是太厲害了！我好感動！」

「我、我知道，總之你先冷靜點……」

天音呼吸急促，像個孩童似地揚起雙頰，十分感動地說起稍早一輝比賽的感想。一輝在天音面前則是顯得畏畏縮縮的。

他果然還是不擅長面對天音。

對方是這樣想親近一輝，但是一輝心底卻沒有一絲欣喜。

如此扭曲的感情——讓他覺得非常不舒服。

可以的話，他希望天音離他遠一點。他想拒絕天音的善意。

但是一輝怎麼也說不出口。

不是因為懦弱。

而是他不想因為自己莫名其妙的厭惡，去隨意與他人起衝突。

更別說對方是這樣仰慕著自己。

但是——

「失禮了。」

「噢嗚！」

站在他身旁的妹妹．黑鐵珠雫可不會顧慮這些。

她毫不猶豫踢向天音的側腹，將他從一輝身上踹開。

接著像是為了守護兄長一樣，凜然佇立在天音與一輝之間。

「好痛、妳做什麼啊……」

天音摀著側腹，眼角帶淚地抗議道。

珠雫則是凶狠地說道：

「請你別接近哥哥。哥哥很討厭你，覺得你很噁心。所以請你不要來裝熟好嗎？哥哥會很困擾。」

她竟然一股腦地對天音說出一輝心中難以啟齒的神祕厭惡感。

「咦……一、一輝，是這樣嗎？」

「珠、珠雫……」

正當一輝臉色發青地想制止妹妹——

「哥哥，您不喜歡自己莫名其妙厭惡別人。我很喜歡哥哥這麼溫柔，但是請別把您的溫柔浪費在這種傢伙身上，哥哥的溫柔只對著我一個人就夠了。而且，這傢伙明明把我們的學園**搞成那樣**，卻還厚臉皮地自稱是哥哥的粉絲，您根本沒必要顧慮他。要是不明確拒絕這種傢伙，他可是會無止盡地得寸進尺。」

「唔……」

她卻直截了當地以道理堵住了一輝的嘴。

而且從珠雫的角度來看，光是破軍遭襲這點，就足夠當作厭惡天音的理由了。

一輝雖然是在襲擊之前就感受到那股莫名的厭惡，不過事到如今，先後順序根本無所謂。

眼前這名男女莫辨的男孩只是迫害己方的敵人。

他對一輝等人來說就只有這個身分，不多也不少。

黑鐵一輝這個人實在太一板一眼了。

所以珠雫才會代替死板的兄長，強硬地指責天音：

「所以請你在哥哥面前消失吧。正好D區正在召集選手，你也得去準備比賽……不然就由我帶你去準備室吧？雖然你可能會在比賽前就缺條腿或少隻手也說不定。」

珠雫這麼威嚇天音。她的眼瞳閃爍著魔力光芒，彷彿翠綠色的火焰。

天音似乎被珠雫的魄力嚇得一愣一愣。他雖然站起身，卻沒有靠近一輝。

「唔……說的也是。我騙了一輝，你會討厭我也是理所當然的。真的很對不起。」

天音低下頭道歉。不過──

「我不原諒你。」

珠雫頑固地駁回天音的歉意。

「那個，我是在跟一輝道歉啊……」

「我不允許你跟哥哥道歉。而且我也不允許你和他說話。」

「太、太蠻橫了啦！是說，珠雫從剛剛開始說話就好毒喔。我有這麼惹珠雫討厭嗎？我不記得我有招惹過妳啊……」

「我不喜歡你用那張不男不女的臉去誘惑哥哥。光是聽見你用那娘娘腔的聲音討好哥哥，我就滿肚子火。」

「妳根本是隨便找藉口啊!?」

「而且就算不一一舉出理由，只要哥哥討厭你，就充分構成我討厭你的理由了。」

「嗚哇，妳完全沒在聽我講話嘛。」

「你說我沒胸部……!?」

「莫名其妙就累積仇恨了！」

珠雫完全進入敵對模式，根本不可能進行交涉。

天音察覺到這點，只好隔著珠雫向一輝投去求救的眼神，這麼說道：

「珠雫雖然不願意原諒我，不過我真的覺得很抱歉。所以我今天除了來恭喜一輝，我還想為那件事『賠罪』。」

「賠罪？」

「嗯，我很想和一輝和好……你一定會很開心的。」

（我會開心？）

「你說的賠罪究竟是——」

什麼東西？一輝稍微被他挑起興趣，正想出口詢問——

『通知各位D區的參賽選手：

十分鐘後比賽即將開始。

請各位盡快前往準備室。』

第二次的廣播聲遮蓋住一輝的話語。

仔細眺望下方，戰圈不知何時已經再次設置完成。

D區比賽應該再過不久就要開始了。

而霧子從天音出現之後就一直默不作聲，此時她終於開口對天音說道：

「紫乃宮同學，我身為外人，實在不懂你們在說些什麼。不過時間差不多了，再不快點到準備室待機，老師們可是會生氣的。總之我們先到準備室，有事之後再說也不遲，是吧？」

「……？」

天音面對霧子的忠告，頭頂彷彿出現了問號。

接著，他說出了令人出乎意料的話。

「那個……請問您是哪位？」

霧子聞言，自然是瞪圓了雙眼。

當然了。他們等一下就要在戰場上相見，怎麼會到現在還不認識對方？

「……我還自認是知名人物呢……初次見面，我是廉貞學園三年級的藥師霧子，職業是醫生。」

「啊啊、抱歉。除了一輝以外，我不太認識其他騎士呢。」

「你總該聽過我的名字吧。畢竟等一下的D區第四場比賽，你的對手就是我呢。」

「……啊——原來如此。不過我對妳沒什麼興趣。」

天音含糊地笑了笑。

他似乎真的不認識霧子。

這對霧子來說，自然不是什麼值得高興的事。

她緩緩瞇起眼——

「——你還真是遊刃有餘啊。」

冷冷地低語道。

「原本只是理事長一再拜託，我才勉為其難地參賽，但你勾起我的興趣了。那就讓我好好見識一下……你的實力是不是真的強得能讓你如此輕鬆。」

明眼人都看得出來，霧子的心中靜靜升起了憤怒。

她恐怕在比賽開始的信號響起的那瞬間，就全力襲向天音。

而且是不帶一絲仁慈，毫不手軟。

但是熊熊燃起的怒火當前——

「啊…………這可能沒辦法呢。」

天音脣角那抹含糊的笑容依舊沒有消失。

「這是什麼意思？」

「因為我和、呃、霧子小姐，沒錯吧？我又不會和霧子小姐戰鬥，所以沒必要急著去準備室啊？」

在場所有人聽見天音這番話，則是滿臉疑惑。

淘汰賽程表早已決定好兩人的對決，而兩人的對決再過不久即將開始，他怎麼說不會和霧子戰鬥——

「……你在說什麼——」

霧子開口問道。就在此時——

她放在白衣口袋中的學生手冊突然響了起來。

霧子太在意天音剛才的發言，實在很想無視這通電話。不過這通電話的鈴聲卻是類似救護車的警示音。

也就是說……這通電話不是朋友或熟人打來的，而是藥師綜合醫院的來電。霧子就是在那間醫院擔任院長。

她沒辦法忽略掉這通電話。

「失陪一下——喂？我馬上就要開始比賽了，有什麼事？」

霧子對天音道了歉，接起電話。

『院長！糟、糟了！出大事了！』

話筒突然傳出慘叫，聲音大到在場所有人都聽得見。

這聲震耳欲聾的哀號，正是藥師綜合醫院副院長——梶原澪所發出來的。

霧子參加七星劍武祭時，醫院就交給這位梶原負責留守。

而她電話中的聲音幾近悲鳴，同時話筒裡更傳出醫院不該有的吵雜聲——

霧子從中察覺出非比尋常的異狀。

「等等，究竟是怎麼了？」

『住、住院的病患突然病情惡化，陷入病危……！』

「妳說什麼……！」

霧子聽完梶原的解釋，頓時倒抽一口氣，表情更是難以置信。

這也難怪。她會參加這場七星劍武祭時，還有一個絕對的附加條件。至少入院的病患們病情穩定，不會在自己不在醫院的時候惡化。

身為醫生，不可能把隨時都會病情惡化的病患放著不管。

而既然她會在比賽會場，就代表她已經達成這個條件。她認為這些病患的病情至少在七星劍武祭比賽期間都不會惡化。這可是日本第一的名醫〈白衣騎士〉親自下的診斷。

（我的診斷有誤……!?）

不安揪緊了霧子的胸口。

但是她立刻振作起來。

現在不該反省自己的無能，必須先確認狀況。

霧子這麼心想，便問向梶原：

「所以，是誰進入病危狀態了？」

梶原顫抖著聲音，回答霧子。而她的答案——

足以讓霧子頓時花容失色。

『是本院所有的住院病患！』

「嗄——嗄啊啊!?」

『所有職員已經集中應對這個突發狀況，但是人手、設備全都不足！而且我們完全不清楚病情惡化的原因，也不知道為何會惡化得這麼突然，以我們的技術實在難以應付……！所以……！』

「……………」

這個瞬間，霧子可以肯定。

不可能。

如果是看漏一、兩個人倒還好說，自己絕對不可能看漏所有住院病患的病兆。

那麼，為什麼會發生這種事？

……原因只有一個。

「——我知道了，我現在馬上回去。請派直升機到會場。」

『我已經派出去了！應該再過十分鐘就會抵達會場！真的、嗚唔、很抱歉……！明明您今天有很重要的比賽……！』

「別哭了。如果醫院有異狀就叫我回去，是我要你們這麼做的。而且病患(Kranke)病情惡化並不是妳的責任。總而言之，妳要撐到我回去為止，辦得到嗎？」

『是、是！我知道了！』

「很好，那就萬事拜託了。」

霧子切斷電話，以略帶殺氣的眼神瞪著眼前的天音。

然後咄咄逼人地質問天音。

「好了，紫乃宮同學，這究竟是怎麼一回事呢？」

既然突發狀況的原因並非自己的誤診，那就只剩下一個原因。

那就是……有第三者介入。

「你對我的病患做了什麼？」

「哎、哎呀，這遷怒也太過分了。身在大阪（這裡）的我，能對遠在廣島住院的人做什麼啊？」

第三者為了將〈白衣騎士〉——霧子趕出七星劍武祭，才會設計出這個狀況。

一旦住院病患陷入病危狀態，霧子也沒那個閒時間比賽了。

她一定會主動棄權。

而就在方才，眼前這個男孩說了那番意味深長的話。整件事的犯人，肯定就是他。

霧子是這麼認為的。

但是天音面對她的質疑，則是焦急地揮動手掌，堅持自己有不在場證明。

的確，一個身在大阪的人，不可能危害廣島的人。

就算有幫凶，也不可能完全不驚動醫院職員或警衛，就讓所有住院病患陷入命危。

——不過，前提是**他只是個普通人**。

「…………」

黑鐵一輝在一旁聽著對話，忽然想起一件事。

他前往大阪前不久……同班同學的日下部加加美曾經這麼告訴他：

『學長，之前你不是打電話給我，說你有點在意原巨門學園的紫乃宮天音嗎？之後我去調查紫乃宮選手在巨門的模擬戰成績……那個人，**六場比試全都是不戰而勝啊**。總覺得很詭異耶。』

這一刻，事件的碎片(Piece)全都串聯起來了。

「原來如此，是這麼回事啊……這樣一切都說得通了。」

「哥哥？」

「也就是說……這就是你**真正的能力**。」

◆◇◆◇◆

「一輝？你說我真正的能力……你到底在說什麼？一輝明明知道我的能力是〈預知未來〉啊？我這次也只是知道霧子小姐會棄權而已，其他什麼都沒做……」

「不、這不可能。」

一輝搖頭否定。

「她如果診斷錯一、兩個人倒還有可能，但是她不可能整間醫院的病患都診斷錯誤。而你更不能預知到不可能發生的事。」

「怎、怎麼能這麼說……啊哈哈，一輝，這麼說根本是在找碴啦。俗話說：『智者千慮，必有一失』嘛。而且我之前也在一輝面前表演過不少次預知了啊……」

天音困擾地笑了笑。他的話的確是事實。

初次見面時遇到的隨機殺人魔，以及看穿有栖院背叛的事。

就連現在這個瞬間也一樣，天音數次展現了自己的預知能力。

但是——

「不，天音並沒有預知。**所有事情的順序應該是相反的**。」

「————」

當一輝說出這句話的同時，天音始終掛在臉上的笑容瞬間消失。

陰影緩緩籠罩了他的面孔。

「等一下，一輝，你說順序相反，是什麼意思？」

「……艾莉絲，打從天音擊敗御祓副會長的那一刻，我就應該察覺了。御祓副會長的伐刀絕技〈絕對不確定(Black Box)〉屬於因果干涉系能力，能夠徹底扭轉已經確定的因果。雖然只限於以御祓副會長本人的力量能夠改變的範圍，所以攻擊力相當貧乏。但要是將這個能力用在防禦，絕對不可能落敗。御祓副會長甚至整顆頭部被擊飛，照樣能復活……但是御祓副會長卻輸了，輸給天音。而天音並沒有學習任何武藝，只是單純擁有〈未來預知〉的能力。你覺得御祓副會長有可能輸嗎？」

「這……」

「不可能，絕對不可能。真要說可能的情況，那就是**有人使用了強制力更為強大的因果干涉系能力**，強得足以使〈絕對不確定〉化為『肯定』。沒錯，真要舉例……就像是『能隨心所欲改寫因果的能力』。」

「…………！」

「這樣一來，一切都解釋得通了。天音的預知並非真正的預知，他能看穿隨機殺人魔的意圖，又能發覺艾莉絲背叛，甚至讓藥師學姊醫院裡的病患們全部病倒，這一切……**都是他設計好的未來**——天音，我有說錯嗎？」

一輝解釋完自己的所有想法，瞪向天音。

天音從剛才開始就沉默不語。

只是靜靜地傾聽一輝的話語——

「……………………………唉。」

他緩緩垂下肩，嘆了口氣。

接著露出放棄般的笑容，答道：

「——真不愧是一輝，我能說明的地方幾乎全都被你講完了。本來我還打算連同剛才說過的賠禮一起告訴你的，你真的很厲害呢。看來就憑我這種拙劣的騙術，完全騙不過〈無冕劍王（Another One）〉那照妖鏡一般的觀察力呀。」

他的回答，等於是肯定了一輝的想法。

「……果然如此。所以真的是你對藥師學姊的病患們做了什麼嗎？」

「呃——等等、等一下啦！不是這樣的！」

天音見到一輝滿懷敵意的反應，這才收起笑容，語氣焦急地補充道：

「事情確實就像你說的那樣，不過請讓我做點更正。我的能力的確不是〈預知未來〉，不過我的能力也並非像一輝說的那樣，能夠媲美神明。我啊——只是許願而已。」

「許願？」

「是啊，我只是許願。我沒辦法像一輝所想，隨心所欲且詳細地改寫命運。我只是希望：『能和一輝來個戲劇性的相遇～』，或是祈禱：『能夠毫無障礙，順利襲擊破軍～』，或者是心想：『戰鬥什麼的好麻煩啊～』，就只有這樣而已。只要許了願，所有事情進展都會在我不知情的情況下運轉、運作，經過一大堆事件，**最後實現我希望的一切**，如我所願。

這就是我——〈厄運（Bad Luck）〉真正的能力，名為——〈女神過剩之恩寵（Nameless Glory）〉。」

天音詳細解釋著自己隱藏至今的能力。

一輝等人聞言，緊繃的神情更是漸漸冰冷。

「什、什麼啊……！太誇張了吧…………！」

「所以？只要你希望，甚至能讓月亮掉在地球上嗎？」

珠雫這麼一說，天音不滿地挑起眉。

「別說得這麼恐怖啊～我才不會希望發生這種事呢——萬一真的實現的話，不就麻煩大了？只要我許了願，**至今沒有任何一次落空**呢。」

「…………」

天音理所當然地答道。在場所有人見狀，紛紛因為戰慄而顫抖著身體。

他們能肯定，這名男孩確實做得到。

在場的每個人得知天音如此脫離常軌的能力，一時說不出話來，只是更加警戒著眼前的男孩。

沉重的沉默壓迫著所有人。

此時——霧子向著天音，踏出一步，開口說道：

「……也就是說，紫乃宮的能力是『能實現任何願望的能力』……說得直接點，就是你擁有難以想像的幸運，是嗎？」

「這麼說也沒錯。只是事件繞了一大圈之後，實現了我的願望而已，不過我不知道會用什麼方式實現。所以我根本沒想到，最後會變成醫院裡住院的病患全都有生命危險。對不起喔？」

天音合掌道歉，他的語氣彷彿在為朋友犯下的錯道歉……只是義務性地道歉，完全感受不到他的愧疚。

事實上，天音真的覺得事不關己。

自己只是不想和霧子戰鬥，所以許了願而已。

他並不是想奪走住院病患的生命，所以他沒有錯。

他那副置身事外的態度，當然點燃了霧子的怒火。

「那如果我現在當場殺了你，就能讓這惡劣到極點的因果恢復原狀嗎？」

同時，霧子雙手一一顯現出三把手術刀。

她的口氣稀鬆平常，雙眸卻滿溢著怒氣，彷彿現在就要襲擊天音。

而天音只是困擾地聳聳肩，完全不受霧子的氣勢影響。

「如果我死了，我的能力當然就會消失，不過我不建議妳這麼做呢。我到時候一定會希望自己『不要被殺』嘛。從我以往的經驗來看，肯定會出現霧子小姐沒辦法戰鬥的狀況呢。比如說……現在這個會場裡滿滿都是人，如果這裡發生大地震，出現大量傷亡，霧子小姐也沒那個美國時間管我對吧？」

「你是說你辦得到嗎？」

「我當然不想這麼做喔？可是如果真的變成這樣，我沒辦法負責呢。所以我才希望妳住手啊。」

「…………」

兩人一番對話後，霧子微微咂舌，收起自己的手術刀型靈裝。

她並不清楚這個男孩說的話，究竟有哪些是真實的。

他雖然說自己只有許願，但沒有證據證明他句句屬實。

唯一能肯定的是……自己現在只要對天音展現一絲殺意，天音的話語就有可能化為現實。

霧子自認是一名〈醫生〉，她怎麼能冒著這種風險？

這是霧子的底線。

天音見到霧子喪失戰意後——

「好了，看各位都知道我為什麼不趕著去準備室了，那就讓我繼續說吧。我希望一輝能讓我為之前的事『賠罪』呢～」

他從霧子身上移開視線，望向一輝，露出滿面笑容。

一輝心中一時之間升起了厭惡，甚至不願直視天音。他皺起眉頭。

而天音則是毫不介意地說起自己的來意：

「我剛才也說過了，我本來打算主動告訴一輝我的能力，做為我至今欺騙你的賠禮……不過你卻事先猜中了，真是丟臉。當然了，我不會以為這麼做，就能抵銷我至今對一輝說過的謊言啦。所以我想了又想，該怎麼做才能讓一輝感到開心？該怎麼做，一輝才會覺得高興呢？」

天音露出平易近人的微笑，述說著自己對一輝的歉意。

一輝每聽完一句……就感覺自己的皮膚隱隱作痛。

——他有一種非常不祥的預感。

這個男孩的話語絕不能聽到最後。他有這樣的預感。

但是天音的話語並未停歇——

「然後，我想起一件事。一輝如果沒有在這場七星劍武祭中奪冠，就沒辦法畢業啊！太過分了，簡直難以置信。一輝明明這麼強，卻不被承認是一名騎士。我身為一輝的忠實粉絲，絕對不能忍受這種狀況，我絕對不允許。所以啊——

我想送一輝一個禮物。那就是這場七星劍武祭的冠軍——!!」

於是，天音露出開朗明亮的笑容，說出了異想天開的發言。

「嗄、啊啊!?」

「你到底、在說什麼……！」

珠雫和有栖院太過動搖，聲音隱隱顫抖著。天音見狀，歪了歪頭。

「有必要這麼驚訝嗎？這比引發地震或讓月亮墜落簡單多了啊？」

他深深勾起唇角，眼神熱切地逼近一輝。

「一輝，開心嗎？我會用我的能力幫你許願，讓一輝獲得優勝！這樣你就能毫不費力地成為七星劍王了！很棒吧！

一輝至今的努力終於有回報了呢！

沒問題！不管是〈烈風劍帝〉還是〈紅蓮皇女〉，在我的〈女神過剩之恩寵〉面前全都不算什麼！

我會讓一輝以外的所有人都慘兮兮，絕對要讓一輝當上七星劍王！雖然〈解放軍〉可能會因此責備我，但是你不需要在意這些。只要是為了一輝，我什麼都——」

就在這個瞬間——

選手用的觀眾席發出「咚！」的一聲。

一輝使勁推開了天音的身體。

◆◇◆◇◆

「哥、哥哥!?」

「一、輝…………」

一輝周遭的人們，以及被一輝推倒在地的天音啞然以對。他們沒想到一向溫和的一輝，竟然會做出如此粗魯的舉動。

但從一輝本人的角度來看，這是極為理性的行為。

因為……他至今無法理性看待自己對天音的情緒。而就在這個瞬間，他終於釐清自己的想法。

「……我想了很久，不斷地思考，始終搞不清楚理由，所以我沒能說出口。」

但是現在，他終於能將心中的想法化為言語。

一輝睥睨趺坐在地的天音，清晰地說道：

「我很討厭你。」

「…………」

天音聞言，瞪大了雙眼，身軀微微一震。

他不知道，一輝為什麼會抗拒自己。

天音是為了一輝，才想讓一輝成為七星劍王。

但是對一輝來說，天音的這個舉動成了最後一根稻草，讓他徹底斬斷對天音的情分。

這也難怪。因為他正想從一輝手中，奪走一輝最重要的事物。

那是一輝累積至今的努力，以及其中包含的意義。

還有數度支持著一輝，他與最愛的戀人訂下的約定。

在這個剎那間，一輝心中始終曖昧不清的情感化為明確的厭惡，甚至讓他覺得討厭天音這件事，根本不需要理由。

因此一輝的雙瞳中滿溢著藏不住的怒意與憎恨，對天音丟下這麼一句話：
「你如果敢插手我的比賽，下次就不是輕輕一推就能了結的。」
「…………」
天音則是緩緩站起身，沉默不語。
他垂著頭，瀏海遮住了臉，一輝沒辦法看出他的表情。
他可能哭了。
於是天音直接轉過身，背對著一輝等人——
「嗯，我知道了。」
接著他舞動般地回過身，露出最為燦爛的笑容。
「……！」
他的反應實在太出乎意料，一輝不免感到訝異。
一輝明明那麼嚴厲地拒絕了他，他的態度卻如同以往。
但是——
「我不會做一輝討厭的事。我可以跟你打勾勾！」
一輝立刻感受到一股異狀，彷彿是蜈蚣爬過心臟似的。
不協調感——
他的神情和語氣一如往常，滿載著善意……
「一定要以自己的力量獲勝，這個勝利才有意義啊……一輝果然很帥呢。我越來越仰慕一輝了～♪」

——他的眼神，變了。

不，與其說是變了，不如說一輝現在才發覺。

一輝至今始終從天音身上感受到一股莫名的負面情感。由於太過尷尬，他下意識避免直視天音。

但是直到他釐清自己對天音的態度，正眼看著天音之後……一輝才終於發現。

天音雖然興奮不已地讚美著一輝，但是他的天藍色雙瞳深處……

裡頭存在著漆黑如汙泥的漩渦。那深沉的色澤，彷彿隨時都能將人捲入。

「你面對擁有壓倒性才能的敵人，絞盡全力，耗盡自身，不論多麼不利的對決都能戰鬥到最後。好帥，這種率直的態度，真是令人嚮往！明明比任何人都拙劣，卻比任何人都執著於勝利。為此燃燒著自己的魂魄，不斷向前邁進。就算最後變得多麼悽慘……也毫不後悔！這就是〈落第騎士〉啊，一輝！你知道嗎？我啊，最喜歡這樣的一輝了！」

那抹漆黑是……負的「混沌」。

憎恨、厭惡、敵意、惡意、殺意——

裡頭塞滿各式各樣的「負面」情感，互相參雜、交錯，最後化為一團汙穢，完全無法判別原來的情感。

天音汙濁的雙瞳中，飽含著惡意與絕望，彷彿憎恨著全世界。他直視著一輝，

脣角邪邪地上揚。雙脣深刻的形狀，宛如宣告惡兆的赤紅新月——

「所以、所以啊，你要受更多更多的傷，流更多更多的血，更加更加磨耗自己喔。我會為這樣的一輝加油，直到喉嚨啞了為止。因為我還想一直、一——直看著一輝反抗命運，漸漸崩潰的模樣啊！」

「…………！」

一輝第一次對天音感到**恐懼**。

他不是厭惡，也並非抗拒。

而是懼怕眼前的男孩，到了渾身顫抖的地步。

他害怕著男孩眼中隱藏著的……那份憎恨全世界的情感。

更別說，那份情感正筆直投射在自己身上。

「所以……你要加油喔！」

天音最後留下讓人無法共鳴的聲援，從一輝等人身邊離去。

他臉上那抹惹人憐愛的笑容，自始至終未曾改變。

不過他的笑容深處，緩緩旋繞著深不見底的惡意。一輝直接身處於這份惡意之中，而他的手掌冰冷得直發抖。

◆◇◆◇◆

七星劍武祭的C區比賽，由F級騎士擊敗〈七星劍王〉；B區則是舉行了前所未見的四對一特別比賽。D區比賽不同於前兩區，中間除了〈白衣騎士〉突然缺席的插曲外，相當順利地平安落幕。

D區第三場比賽出場的是〈深海魔女〉黑鐵珠雫。D區唯一的B級騎士充分發揮她的實力，毫髮無傷地擊退第一輪的對戰對手，進軍第二輪。

此戰結束後，破軍學園代表全員順利邁入第二輪比賽，對破軍學園來說，稱得上是滿分一百分的好兆頭。

不過一輝卻顯得無精打采。

「噗嚕噗嚕……」

當晚，一輝來到選手旅館的大澡堂，全身泡在浴池裡，只露出半顆頭，神情懊惱地沉思著。

他沉著臉思考的事，當然和〈厄運〉紫乃宮天音有關。

在那之後，貴德原彼方來了電話，通知他們東堂刀華和御祓泡沫已經清醒，同時也證實了天音的能力。他當時述說自己的能力，那些內容似乎並非謊言。

能隨心所欲地擺布天地萬物，這種能力確實非常棘手。

但是讓一輝困擾的，並非他的能力。

（那雙眼睛……總覺得很在意。）

在天音離去前，一輝見到他雙瞳之中蘊含的負之混沌。

那滿載著惡意的情感，彷彿憎恨著世上的一切。

一輝見到那雙眼睛的瞬間，感受到了。

（我記得……那雙眼睛。**好像很久之前，在某個地方見過那雙眼睛……**）

「────」

一輝閉上雙眼，深入自己的記憶。

彷彿在窺探深不見底的漆黑井口。

他凝視著每一段過去，不斷深入。

於是──他在記憶的井底深處中，**和那雙眼睛對上了眼**。

深沉的黑暗當中，一道有著清晰輪廓的漆黑人影，筆直仰望著一輝。

他的雙瞳，蘊含著對世界的絕望。

同時一輝心中升起了厭惡，彷彿從體內搔弄五臟六腑。同時湧上心頭的恐懼更是超越了厭惡。

──果然沒錯。

自己曾經見過他。一輝在遙遠的過去，曾在某處見過那名男孩。

而一輝也有種直覺。

自己為何會對未曾謀面的天音產生超越理性的抗拒？那場相遇正是一切疑問的

「根源」，同時也是「解答」。

所以一輝一定要明白這一切。

他到底是何時遇見那名男孩？

當時到底發生什麼事？

究竟是發生什麼事，他才會在自己身上投注如此龐大的憎恨？

一輝為了知曉一切，更加凝視、窺探著記憶深處。

但他卻挖不出更多的記憶了。

那雙汙濁的雙瞳只是從這片漆黑當中，一味仰望著自己。

他想不起任何事——

「這位大英雄，你擊敗了〈七星劍王〉，可是今天的大贏家呢。怎麼一副悶悶不樂的樣子呢？」

相對於一輝泡在浴池裡，表情煩悶，有棲院則是靠在浴池邊，膝蓋以下泡在池中，同時這麼對一輝說道。

「那個男孩的確很詭異，但是你也不要太在意他。要去搞清楚一個思想反常的人在想什麼，會連自己都變得怪怪的呢。還是說，需要人家讓你舒服到什麼都無法思考嗎？」

有棲院妖豔地望向一輝的雙腿間。一輝則是臉色發青猛搖頭。

「請、請容我拒絕。」

「呵呵，開玩笑的。人家還不想被史黛菈或珠雫追殺呢。」

一輝比較希望他連這種玩笑都別開。

託他的福，一輝明明泡在熱燙的池水中，身體卻頓時由裡冷到外，沒心情冥想了。

有栖院注視著一輝滑稽的模樣，繼續說道：

「一輝沒必要想這麼多吧。按照淘汰賽程，假設你和天音兩人都順利獲勝，你至少要到第四輪比賽，也就是準決賽才會碰上他。而且天音屬於D區，他在準決賽之前就會先在各區決賽對上珠雫。」

「你的意思是，如果珠雫贏了，我就不必和天音一戰？」

「就是這樣。呵呵，〈厄運〉的能力的確強大，但是他唯一的失算就是太過得意，竟然在我們面前大談自己的能力。珠雫她……似乎已經想到如何破解〈女神過剩之恩寵〉了。」

「呃、真的嗎？她打算怎麼……」

「可惜，她也沒告訴人家呢。就算她真的告訴人家了，一輝可是和珠雫參加同一場大賽，人家要是告訴你，對珠雫可就太不公平了……不過人家不認為珠雫會隨口說說，那女孩心中一定有某種幾近肯定的盤算了。」

「的確。」

如有栖院所說，珠雫不會隨便出口逞強或是欺敵。

一輝身為她的兄長，也相當了解她這點。

那珠雫應該是真的有了某種想法。

「所以比起天音，你應該模擬一下和珠雫的戰鬥比較有建設性吧？」

「……或許真的是這樣呢。」

比起與天音對戰，一輝自己當然比較想聲援珠雫。

所以他點了點頭，希望和珠雫一戰的心願真能實現。

就在此時——

「〈無冕劍王〉，你已經在擔心準決賽了嗎？」

某處傳來兩人都相當陌生的嗓音。

兩人望向聲音的來源……一名有著丹鳳眼的知性派男子站在大澡堂的出入口。

「初戰才剛結束，你還真是急性子啊。」

男子低語道。一輝認識這名男子。

「白、白夜學長！」

「你好啊，黑鐵。宴會之後就沒見了呢。」

沒錯，他正是前一天的宴會上，與諸星同行的其中一人。

武曲學園三年級・城之崎白夜。

他是去年七星劍武祭的亞軍……同時也是一輝第二輪的對戰對手。

「恭喜你今天獲勝。沒想到雄竟然會敗在初戰……雖然事前有預設過這個可能性，但還是很令人驚訝。」

「謝、謝謝你。白夜學長似乎比得滿輕鬆的，真不愧是白夜學長。」

「我單純是運氣好，碰到比較弱的對手——另外，旁邊這位應該是破軍學園的〈黑薔薇(Black Sonia)〉——有栖院凪吧。」

「哎呀，你認識人家啊？」

「你當初也有入選破軍學園的代表，所以稍微調查過你的事。俗話說：『知己知彼百戰百勝』，這是我的座右銘……………不過結果只是白費工夫呢。」

「人家不參賽也有很多理由的，抱歉囉。」

「我多少還是知道你的內情，但是說到底，還是得看你有沒有那個意願。這部分我就不多談了。話又說回來……」

白夜再次望向一輝。

細細瞇起的鳳眼中，隱約藏著冷峻。

為什麼？理由非常簡單——

「黑鐵，你看起來挺輕鬆的嘛。竟然完全不顧明天和我的戰鬥，直接開始模擬準決賽了。」

「唔……！」

一輝聞言，不禁著急了起來，趕緊在腰間圍上圍巾，走出浴池，慌慌張張地辯解道：

「啊，不、不是這樣的！我絕對不是小看白夜學長喔!?只是……該怎麼說，有個難搞的對手，或是說我和他怎麼也合不來，所以才會有點過度在意對方，我自己也覺得不太好……」

正如一輝所言，他絕對沒有輕視白夜。不過竟然不小心讓本人聽見他的擔憂，實在尷尬到極點了。

相對於一輝慌張辯解的模樣，白夜則是淡淡一笑。

「哈哈，開玩笑的。我很清楚，黑鐵不會輕視眼前的敵人。我只是小小整了你一下，不好意思。」

「不、不會，你能理解就好。」

看來白夜並不是真的生氣，而是稍微調侃了一輝。一輝明白這點後，稍微安下心來。

「之前在宴會會場就已經見識過你的體型，不過重新靠近一瞧，還是很驚人呢。也難怪你在今天的比賽中能做出那樣超人般的動作。你能將自己鍛鍊到這個地步，真的相當不簡單，真是讓我衷心敬佩你啊。」

「別說什麼敬佩不敬佩的……我的手中只有這把劍，除了鍛鍊之外也沒有其他事可做。」

「不需要這麼謙虛，這不是每個人都辦得到的。」

「呃、耶…………？」

下一秒，一輝口中發出怪聲。聽起來既不像驚呼，也不像哀號，更不像呻吟。

因為白夜的手指突然撫上自己的胸膛。

「像這樣親手觸摸便可知曉。每一條肌肉纖維含有細芯，卻又不失分毫柔軟度。靈巧纖細，卻相當強韌，這樣的肌肉實在是太棒了。不只是沒有一絲贅肉，更不存在任何徒有外觀的無用肌肉。這就是純粹的劍士肉體，一切只為了揮劍、戰鬥而存在。你的身體富含著機能美，彷彿直接展現出你的純粹——實在太美了，怎麼摸也摸不膩。」

「～～～～～～～！？！？！？」

白夜的手指描繪著肌肉纖維的線條，細長睫毛深處的雙瞳注視著一輝，令一輝不禁全身竄起雞皮疙瘩。

自己現在搞不好處在異常危險的狀況？

一輝感受到一股難以形容的危機感，接著向身旁的友人搭話，打算就這樣離開大澡堂——

「艾、艾莉絲，差不多該……！」

「咦？什麼？差不多該讓人家參一腳了嗎？」

「被前後夾擊了!?」

但遺憾的是，現場只有自己、有栖院以及白夜三人。

前門有虎，肛門有狼。這種絕境實在太討厭了。

一輝頓時全身冷汗直流。然而，就在此時——

「你這個、大變態啊啊啊啊啊啊啊啊啊啊——!!」

大澡堂入口突然衝出一道人影。他一邊來勢洶洶地大吼，一邊奮力踢飛緊貼在一輝身上的白夜，將他踹飛至浴池池畔。

踢飛白夜的男子，同樣是武曲學園的學生，同時也是白夜的好友。

他就是諸星雄大。

「諸星學長……!」

「呦！黑鐵，總覺得昨天也出現類似的場面啊。」

諸星面對今天打敗自己的選手，依舊露出開懷的笑容打招呼。

另一方面，被他踢飛的白夜則是往諸星投去責備的眼神。

「雄，你突然間做什麼啊？在澡堂胡鬧可是很危險的。」

「你的行為舉止比較危險吧！別把大家的大澡堂搞得滿是GAY味啦！」

「沒禮貌，我還有椛在，她可是我深愛的女孩啊。而且我會觸碰黑鐵，只是因為我們同為習武之人，是源自於純粹的興趣與尊敬。」

「我知道，但你也稍微考慮一下別人看起來是什麼畫面吧！黑鐵嚇得皮皮挫耶！」

「竟然是這樣嗎？真是抱歉，我沒有要嚇你的意思，只是**想更深入了解你**而已。」

「呃。」

「我就叫你稍微注意一下用詞啊！」

諸星一掌往白夜頭上拍去。但他身為白夜的好友，還是幫白夜稍微解釋一下。

「抱歉啊，黑鐵。這傢伙雖然言行舉止有點危險，不過性向很普通，你大可放心啦。不過他的言行舉止真的有夠危險……」

「啊、啊哈哈……沒關係，純屬誤會的話就太好了。真的，這樣就好了。」

從一輝的語氣聽來，他感受相當深切。

「…………」

不過，當誤會解開後，一輝的胸懷反而滿是尷尬。

原因當然是諸星。

雖說兩人是堂堂正正地決出勝負，一輝終究還是踢下諸星，贏得第一輪比賽。

他雖然不會因此有愧，但今天還是很難與諸星面對面。

就算諸星沒有表現在臉上，他一定還是會不甘心。

而有栖院似乎是察覺一輝的心思——

「一輝，那我們差不多該走了。」

有栖院這次不開玩笑，主動建議一輝。

「也好，回程在商店買點喝的再回去好了。」

一輝當然順從有栖院的好意，準備離開大澡堂。

此時白夜這麼問著兩人：

「哎呀，你們已經泡夠了嗎？」

一輝點點頭。

「我在浴池裡想事情想了很久，再繼續泡下去會頭暈的。」

「真是可惜，我還讓你有了奇怪的誤會。我本來還想幫你洗個背，好聊表歉意呢。」

「不，你可以不用那麼介意。」

「那麼——」

白夜打了個響指。

下一秒，發生了令人吃驚的狀況。

一輝原本空著的右手不知何時握著瓶裝綠茶，有栖院的手上則是出現了罐裝黑咖啡。

「哎呀呀？」

「這是……！」

「請你們至少收下這個吧。」

白夜語畢，和一輝以及有栖院道別後，轉過身，和諸星一起走向淋浴台，準備沖洗身體。途中還聽見兩人這樣的對話——「小白，你有付飲料錢嗎？我家也是做生意的，可不許有人偷竊喔。」「沒禮貌，我當然有把硬幣傳進自動販賣機裡啊。」

一輝和有栖院兩人走出澡堂，關上大門，避免熱氣外洩。

此時，有栖院一臉吃驚地指著手中突然出現的飲料罐。

「一輝，這個…………果然是能力的效果嗎？」

一輝點了點頭。

「嗯……這是去年七星劍武祭亞軍，〈天眼〉城之崎白夜的伐刀絕技——〈白手(God Hand)〉。」

他能自由自在使範圍內任何物質瞬間移動至固定的「位置及座標」。能力範圍大約是以白夜本人為中心，半徑五十公尺內的距離。能力本身雖然乏味，卻相當強大。

特別是在設有計時十秒場外出局規則的比賽形式中，這種能力更能大顯神威。事實上，白夜正是使用這個能力，將對手轉移到**會場外頭**，因此贏得第一輪比賽。

「……這種能力還真是棘手呢。」

「嗯。不過這種能力雖然強大，但似乎很難啟動。如果目標不會移動，他就能像剛才一樣自由自在改變目標的位置。不過他在面對會自己行動的人類，一定會先用自己的靈裝砍傷對手，才會進行轉移。大概是因為他必須觸碰對手，才能鎖定目標。」

「所以只要不被他碰到就沒事了啊。如果是這樣，那勝負就很難說呢。」
「嗯。所以說……在和白夜學長戰鬥的時候，該注意的應該是他另外一個能力。他的稱號就是源自於這個能力。」
「什麼意思呢？」
「艾莉絲拿到什麼飲料？」
一輝說完，便將自己拿到的瓶裝綠茶亮了出來。
「人家的是咖啡。人家泡完澡之後正想去買咖啡，真幸運。」
「我也是，本來我泡完澡之後想買的就是這瓶茶。」
「…………」
「若是發給兩個人同樣的飲料，或許會剛好和其中一個人想買的飲料符合；可是分別遞給兩個人不同的飲料，就很難剛好符合兩個人的喜好吧？」
「──的確是有點難…………所以說，他的另一個能力就是這個？」
「嗯……白夜學長是以過度蒐集對戰對手的情報而聞名，而且不只是戰鬥時的情報，連私生活的小細節也包含在內。」
「這樣說起來，他剛剛也說過有調查人家呢。但是這又代表什麼？」
「那些情報對我們來說，可能沒什麼意義，但是白夜學長不這麼認為……除了戰鬥中的動作或視線的轉移方式，他能從那些瑣碎的情報中，推測出一個人的性格傾向……他很擅長挖掘一個人思考的『根源』──也就是『概念』。」

挖掘概念。

有栖院聽見這段敘述，訝異地回問：

「難道他也可以做到和你的〈完全掌握〉一模一樣的事？」

「嗯。雖然我們鑽研的方向不同，但思維基本上算是同一系統……不、就效率而言，白夜學長的做法是壓倒性勝利。因為我的〈完全掌握〉相當仰賴實戰中收集的情報，但是他藉由事前縝密的調查，早在比賽之前就**破解敵方的『概念』**，在比賽開始的瞬間就掌握整場比賽。他那怪物般的洞察力，彷彿通曉一切的神之眼——因此人稱〈天眼〉。」

而他以神乎其技的洞察力，將對手玩弄在五指山中，斬下關鍵的一刀，藉以啟動〈強制移動（Teleport）〉。這就是白夜的戰鬥風格。

方才他會觸碰一輝的身體，也是為了重新正確地計算一輝的體能。

敵方早已將注意力放在明天的比賽，開始為了明天做準備。

（我現在的確不應該把心放在準決賽上。）

一輝近距離目睹了白夜的能力後，強烈意識到這點。

一輝現在參加的大賽，是七星劍武祭。

這場大賽聚集了全日本首屈一指的學生騎士，是這個國家裡最激烈的戰場。

單憑自己的實力，絕不能輕視這個戰場上的任何一人。

（首要目標是第二輪比賽——必須先灌注全力擊敗白夜學長。）

之後再花時間煩惱天音的事也不遲。

一輝在心中默默起誓。

◆◇◆◇◆

一輝離開地下一樓的大澡堂後，由於有栖院是住在普通客房，他和有栖院道別之後，一個人爬樓梯回到自己位在十樓的房間。

一輝會爬樓梯回去，是因為有栖院的房間在二樓。除此之外，他的大腿在上午比賽中被戳穿，他順便藉機復健。

泡過澡後，一輝身上的疲勞早已消失無蹤。而託了白夜和有栖院的福，他心情上暫時放下那些煩惱，所以顯得腳步相當輕鬆。今晚應該能睡得很安穩。

接下來，一輝該做的事，只剩下回房歇息。

不過——

「……」

一輝的房間在十樓，但他卻在七樓停了下來。

史黛菈的房間……就在七樓。

（我的比賽結束之後，我們短短聊了幾句，不過……）

事實上從那之後，他就沒和史黛菈見過面了。

史黛菈自己的比賽結束後，就進到〈再生囊〉治療傷口；一輝自己則是因為贏過〈七星劍王〉的壯舉，被媒體逮個正著。

（說實在的，只聊那麼一下根本不夠啊……）

他還想和史黛菈多聊一會兒，想多觸碰史黛菈。

或許是他才剛放下一個煩惱，心中的欲求愈發強烈。

——不過大賽才過了第一天，明天還有比賽，現在私下找她約會，她會不會覺得自己很隨便？或許會因此輕視自己？

一輝胸口湧起了不安。

（……不，不能這麼想。）

一輝想起日前在游泳池的爭吵，搖了搖頭。

當時兩人都害怕對方會輕視自己，不自然地拉開雙方的距離。

一輝從那件事之後，就下定決心。

他不想隱瞞自己對史黛菈的感情。

他與戀人許久未見，想多聊聊是很理所當然的事。有什麼好猶豫的？

「好。」

一輝下定決心，便走向史黛菈位在七樓的房間。

然後他站在她的房間前，按了門鈴。不過——

他按了兩次門鈴，都毫無回應。

「不在房裡啊……」

一輝失望地垂下肩膀。

現在這個時間，她可能和自己一樣去了大澡堂也說不定。

（就這樣在房間前面等她，好像也不太可行……）

男人痴痴站在女性的房間前等待。

要是被其他知道兩人關係的人看到這個畫面，未免太丟臉了。

雖然很可惜，今天還是只能放棄。一輝轉過身，走向自己房間。於是——

「怎、怎麼辦……不知不覺就跑來了，可是現在還在比賽期間，他會不會覺得我很輕浮啊……可是……今天根本沒說到什麼話，嗚唔……」

史黛菈穿著浴衣，在一輝的房間前走來走去，口中唸唸有詞，似乎是在猶豫到底要不要按門鈴。

（唔哇……總覺得剛剛在哪看過這個畫面……）

一輝見到這幅光景，自然而然地鬆開了嘴角。

戀人和自己想著同樣的事。

她想見自己，甚至來到自己房間前。

一輝莫名感到開心，覺得她真的很令人憐愛。

這股情感驅使著一輝。當他正想出聲叫住史黛菈時，突然停下了動作。

「…………」

史黛菈背對著自己，完全沒發現自己站在她身後。

一輝的微笑忽然帶了點戲謔。

——嚇嚇她好了。

乾脆從後面拍拍她的肩膀，嚇她一跳。

他心血來潮，想像個孩子般地惡作劇。

一輝自己也覺得這麼做很孩子氣，不過他興致已經上來了。

就這樣出聲叫她，兩人也只是笑著再會罷了。

不過要是嚇她一跳，除了史黛菈的笑容以外，也能看到她驚訝或生氣的表情。史黛菈生氣的表情也很可愛，所以選擇後者絕對比較賺。我真聰明。

於是一輝便藏起腳步聲，靠近史黛菈——

「哇——」

他拍了她的肩膀，同時正想出聲嚇她。就在這個瞬間——

「不要站在我背後啊——————!!」

「——啊啊啊啊啊啊!?!?」

嚇唬聲直接轉為哀號。

一輝的手還沒碰上史黛菈的肩膀，史黛菈便一個轉身，往自己的方向來個迴旋

© Won

踢。

她不用往後看，這記迴旋踢便正確地掃向一輝的頭部。

破風聲淒厲地彷彿連同空間一起斬開。由此可見，這記踢擊的威力多麼驚人。

一輝能反射性蹲下身躲過，也是拜一輝的運動能力所賜。

「糟了，不小心就做出修行時的反射動作……你沒事吧？呃，原來是一輝啊!?」

「哈、哈哈哈……史黛菈，晚安……」

史黛菈瞪大雙眼，她剛剛才發覺身後的人是一輝。

一輝出聲打了招呼，不過他的表情卻明顯在抽搐。

（沒想到會差點因為一個小小的惡作劇賠上性命……）

人果然不能做壞事。

◆◇◆◇◆

「你只是想嚇嚇我啊……呵呵，一輝意外地很孩子氣呢。」

之後一輝讓史黛菈進了自己的房間。兩個人一起坐在房內的床上。

而史黛菈聽完一輝方才為什麼會做出那樣的舉動，露出有些傻眼卻愉快的溫柔笑容。

意料之外的反擊嚇得一輝冷汗直流，讓他不得不反省自己的行為，不過當一輝見到史黛菈富有母性的笑容，還是覺得自己似乎賺到了。看來他根本完全栽在史黛菈手上。

「我踢得還頗用力的，沒事吧？」

「沒事……反正妳沒踢中。」

「不過幸好是一輝站在我背後，如果是其他人，可能會被我直接踢死。」

「哈哈……」

一輝回想起當時，銳利的破風聲和自己的頭擦身而過，他的笑聲還是顯得有點勉強。

「不過妳的反應實在太快了，我還隱藏起自己的氣息和腳步聲呢。」

根本是脊髓反射。

而且她不用看，就能正確瞄準敵方的弱點。

以前的史黛菈並沒有這種能力。

「剛才那個也是拜西京老師的教導所賜嗎？」

史黛菈點頭答道。

「是啊，畢竟她總是不知不覺就站在我的死角上，害我變得有點敏感——啊。」

「怎麼了？」

「剛剛樓下有人掉了十元硬幣。」

（雖然覺得她很厲害，不過這股微妙的心情是怎麼回事……）

「說到很厲害，一輝才厲害呢。雖然我本來就不覺得一輝會輸，不過沒想到你會贏得那麼一邊倒。那個劍術是在艾莉絲那時候偷學來的對吧？真不愧是一輝，就算輸也要輸得有意義呢。」

史黛菈彷彿在說自己的事一樣，一邊說一邊開心地笑了。

一輝見到史黛菈的笑容，卻有些尷尬地說道：

「……不過我還稱不上能靈活運用那套劍術。」

「是嗎？」

一輝點頭肯定。

「畢竟我發出太多『聲響』了。原本〈比翼〉的劍術應該是安靜無聲，沒有耗損任何多餘的力道，所以不會產生破風聲。可是以我現在的技術，沒辦法完全重現。」

沒錯。一輝在與諸星的戰鬥中展現出來的〈模仿劍術〉，和原版愛德懷斯的劍術相去甚遠。而且並不是因為一輝沒有完全盜取愛德懷斯的技術。

他幾乎完美地竊取她的劍術，理解了其中的理論。

——但他還是無法重現。

一輝無法在瞬間加速之中，完美掌控自己身體力道的流向。

「我原本對掌控身體這點還挺有自信的，看來還是太天真了。我越是模仿那個人的劍術，越是了解自己的不足。」

一輝說完，原本互握在膝前的雙手更是緊握，似乎相當不甘心。

明明已經竊取了理論，卻無法完全重現。他已經很久沒碰到這個狀況了。
史黛菈在一旁注視著一輝——
「呵呵，總覺得很像是一輝的風格。」
她彎起眼，開心地微笑。
「什麼意思？」
「你還是很不服輸呢。對手可是世界第一的劍士喔？」
對眾多伐刀者來說，他們不只是仰慕〈比翼〉，更對她充滿畏懼與崇拜。
簡單的說，〈比翼〉是無限趨近於「神」的象徵。
沒有人認為她和自己是存在於同一個次元、同一個世界上。
他們不這麼認為，更不會想贏過她。
「但是一輝是真的不甘心自己輸給愛德懷斯。」
因為他把愛德懷斯當作是競爭對手。
區區一名日本的學生，卻不服輸到極點。
這樣的他甚至可以說是妄自尊大。不過——
「不過……我最喜歡這樣的一輝了。」
史黛菈這麼說道，雙頰露出酒渦，在一輝面前展現自己最棒的笑容。
一輝是和史黛菈交往之後，才知道她笑起來有酒渦。
因為史黛菈討厭讓別人看到酒渦。

不管她有多開心，她都不會在別人面前笑得露出酒渦。

不過只有在一輝面前，史黛菈會展現她最甜美的笑顏。

也就是說，這張令人憐愛的笑容，是只有一輝能見到，史黛菈最為特別的面貌——

「史黛菈……」

一輝很清楚這一點，所以當他見到這副笑容，他胸口升起一股暖流。

仔細想想，他已經很久沒有這麼近距離見到這張令人疼惜的笑容。

一輝輕柔地撫上史黛菈的臉頰。

史黛菈並沒有抗拒。

他的觸碰就和風兒吹起髮絲一樣，是非常自然的事。

撫摸臉頰的掌心，緩緩傳來史黛菈偏高的體溫。

他和她是相連的。雖然他們並沒有血緣關係，史黛菈卻待他如血親，接受了他。

一輝體會到這點，情感的水位漸漸上升。

如火焰般赤紅的髮絲，耀眼的緋色眼瞳，體溫偏高的肌膚，柔軟溼潤的雙唇——

眼前的少女所擁有的一切，是那樣地令人憐愛。

「嗯……」

一輝不知不覺，卻又理所當然地將自己的唇覆上史黛菈的粉唇。

輕柔的一吻。他沒有貪求著對方，而是一點一滴地確認彼此的存在。
但是他很滿足。
如此深愛的人，近在咫尺。
而且對方也是同樣地深愛自己。當他體會到這點，開心得幾乎落淚。
一開始是一輝主動……脣與脣輕柔地觸碰後，緩緩離開。之後輪到史黛菈主動。
吻了又放、放了又吻——
兩人一次又一次地吻著，彷彿要彌補兩人相隔兩地的那些時間。
幸福的時刻持續了數分鐘。
良久，史黛菈離開了一輝的脣，雙頰泛紅，窺視著一輝的神情，這麼問道：
「一輝，我不在的時候，你寂寞嗎？」
她的眼神微微上揚，壓低了嗓音。
彷彿是小孩在對父母招認自己做錯事。
史黛菈似乎是因為自己任性離開一輝身邊，擔心一輝會很寂寞。
這時候應該要回以否定，才不會讓史黛菈太過愧疚。
不過一輝——
「嗯，我很寂寞。」
立刻這麼答道。他沒理由隱瞞自己的寂寞。
「實際上，我回房之前，去了一趟史黛菈的房間。」

「是嗎?」

「嗯,因為我想和史黛菈再多相處一會。雖然現在還是大賽期間,妳可能會覺得我太隨便,不過我還是下定決心按了門鈴。房裡當然是沒人在,因為史黛菈跑來我的房間了啊。」

一個大男人,只是和女朋友分開沒多久就覺得寂寞,感覺實在很娘娘腔。不過這根本不重要。

因為這份寂寞,證明了自己有多麼思念著史黛菈,證明自己的感情毫不虛假。

「所以,我現在真的很幸福。」

一輝語畢,雙手繞過史黛菈的背後,緊緊地擁住她。

「這樣啊……」史黛菈淡淡地會心一笑,依偎在一輝懷中。

正因為之前和她分離兩地,些微的觸碰就讓一輝幸福無比。

這樣一想,相隔兩地的時間也是令人眷戀。一輝打從心底這麼想——

「那一輝可要好好處罰我才行呢。」

「……嗄?」

史黛菈突如其來的莫名話語,讓一輝瞬間停止了思考。

「咦?什麼?抱歉,我沒聽清楚。妳該不會說了『處罰』兩個字吧?」

一輝放開史黛菈，這麼回問道。史黛菈則是紅著臉，用力點頭。

一輝見狀，腦中更加混亂。

「呃，處罰……妳是說懲罰嗎？」

「還有別的意思嗎？」

「話是這麼說沒錯。可是為什麼我一定要處罰史黛菈？」

「因、因為一輝將來會成為我的、丈、丈夫嘛？妻子竟然因為自己任意妄為，讓丈夫覺得寂寞，實在不應該！所以，一輝一定要處罰我才行！」

史黛菈勾起眉梢，雙拳握緊，如此主張道。

她的眼神異常認真，看起來不像在開玩笑。不過——

「不、不對不對！不用做到這種程度啦！」

一輝自然不會同意。就算自己真的有點悲傷，最愛的人也已經充分滿足自己了，根本沒必要對她做這麼過分的事。

「我很清楚，那一個星期對史黛菈來說是必要的。我可不想當個不明事理、心胸狹窄的家暴男啊!?」

所以一輝鄭重拒絕了史黛菈。然而——

「就算一輝沒關係，我還是沒辦法接受啦！」

「咦咦咦~……………」

一輝此時終於想起一件事。

雖然事情已經過了很久，不過史黛菈曾經為了遵守「模擬戰的輸家要成為僕人」這個約定，穿著泳衣闖進浴室裡。現在的史黛菈和那個時候一模一樣。

史黛菈自尊心很強，實際上卻相當一板一眼，對自己也很嚴格。

所以絕對會遵守約定，也會彌補自己犯下的過錯。

而且她就算只是遵守約定或彌補過錯，卻完全不管另一方的意見或意願，非常麻煩。

（這個時候千萬不能讓史黛菈掌握主導權啊。）

一輝有過一次經驗，下了這樣的判斷。

史黛菈明明很害羞，主動的時候卻非常大膽。

這裡要是隨便她提案，她恐怕會做出什麼誇張的要求。

（要是她說要我打她的屁股，到時候就慘了。）

所以一輝搶先出手。

「……我知道了。那我就現在處罰妳了，妳不能抵抗喔。」

一輝說完，抓住史黛菈的雙肩，讓她的臉靠近自己。

他打算在史黛菈說出什麼具體的處罰之前，先吻上她的臉頰，堅持：「這就是懲罰。」不過──

「唔、嗯……不過不可以吻我喔。那麼溫柔的行為稱不上處罰。」

史黛菈在一輝有動作之前，先行叮囑道。

看來她也很了解自己的性格。

一輝的企圖被史黛菈搶先揭穿。無路可退的一輝雖然心生動搖——

「我、我知道啦。」

他不能在這個時候退縮，不然天知道史黛菈會提出什麼誇張的要求。

一輝立刻切換成另一個計畫，將自己的臉靠向史黛菈的臉龐。

他還是想吻她嗎？不，不對，他不會吻她。一輝放在史黛菈肩上的手繞過她的背部，將她抱在懷中，自己的臉卻從她的臉蛋旁錯身而過。

「因為是處罰，所以……會有點痛喔。」

「咦…………？」

一輝在她的耳邊輕聲低語，接著輕咬了她的耳垂。

耳垂的觸感非常柔軟，在上頭輕輕一吻，人體中獨特的冰涼感冷卻了熱燙的脣，感覺相當舒服。

啃咬的力道不像輕咬那麼溫柔，但也沒用力到使勁一咬的地步。

只是微微留下齒痕，剛好最低限度符合史黛菈要求的「處罰」。

就在這個瞬間——

「咿！啊、啊啊啊、唔——————!?」

「唔哇……」

史黛菈高聲尖叫，同時身體在一輝懷裡猛地彈起。

動作大得彷彿是觸電似的。

「有、有那麼痛嗎？」

史黛菈的反應太過激烈，一輝嚇得趕緊問道。史黛菈卻是緊抓著一輝，拚命搖頭。

（不是痛啊……那就——）

一輝看著史黛菈從臉頰紅到耳框，微微顫抖的模樣，心想：「該不會……」他試著輕咬她的頸子，於是——

「唔唔嗯……！」

史黛菈緊緊攀著一輝，發出了近似於嬌喘的聲音。

一輝也因此察覺了。

（史黛菈該不會是稍微痛一點，反而會覺得舒服的那種人吧？）

一輝發現女朋友意外的性癖，不知為何卻害羞得像是自己的事一樣。

不過一輝本來就不想因為這種小事去懲罰史黛菈。

他非常不願意傷害心愛的女孩。

所以她如果覺得舒服，那就再好不過了。

一輝一開始雖然這麼想……

「呼……啊哈…………好開心。」

「史黛菈？」

耳邊忽然感受到火熱的喘息，一輝不自覺地離開史黛菈的頸間，望向史黛菈的表情。

然後，傻在當場。

史黛菈神情恍惚，肌膚紅潤，彷彿是泡澡泡過頭似的；理性甜美地融化在緋色雙眸中，有如草莓果醬一般，綻放著溫潤妖豔的光彩。而且史黛菈移動原本抱在一輝背脊上的右手，指尖輕柔地撫過頸上的淡淡齒痕，幸福地揚起雙頰——

「……一輝吃掉人家了…………」

她這麼呢喃道。似乎是真的很開心。

她熱切的語調（Tone），以及出浴後滾燙的身體緩緩散發出的濃郁香氣。一輝眼前一黑，彷彿整個世界即將為之傾倒。

（這、這下糟了……）

他很明顯戳中了史黛菈身上的神祕開關。

他本來心想輕輕咬一下，剛好能了結這樁鬧劇，沒想到竟然踩中超級大地雷。

太糟了。不只是史黛菈，恐怕連自己都——

雖然這麼說很丟臉，不過一輝能肯定，要是兩個人的興奮持續高漲，恐怕會在史黛菈的雙親承認兩人之前，就先心生動搖，跨過那條界線。

所以一輝抓住史黛菈的肩膀，強行拉開她的軀體。

「好、好了！我很滿足了！既然我已經滿足了，處罰就這樣結束！」

「啊……」

一輝絞盡腦中最後一絲理智，做出這個舉動。

不過他一時情急，施力過重。

在推開史黛菈的時候，搭在她肩上的手不小心滑開，扯下了史黛菈的浴衣。

結果——她的衣襟有一邊胸口大開。

甚至還能見到一半史黛菈豐滿的乳房。

既然能窺見乳房的上半部，自然也不小心瞧見頂端，色澤有些許不同的某個部位——

「唔、呃…………」

一輝看著預料外的誇張狀況，啞口無言。

心臟躁動不已，心跳聲大得鼓膜隱隱作痛，喉嚨乾渴難耐。

他心想，要趕快移開視線，和她道歉才行。但是他卻無法移開目光，也擠不出一字一語。

戀人不若以往的豔麗姿態，讓一輝的理智幾乎要斷線。

更慘的是——

「沒關係的…………」

史黛菈的頭腦早就過熱，根本阻止不了一輝。

「……一輝想咬的話，咬下去、沒關係。」

史黛菈沒打算拉起綻開的衣襟，神情恍惚，滿臉通紅注視著一輝，並且輕撫他的臉龐，舉止之間滿是憐惜之情。被一輝的唾液沾溼了的粉唇，唇角微微勾起，像是允許一輝所有的舉動。溫軟的雙眸中，只映著一輝一個人。

啪嘰。

一輝的後腦勺彷彿傳來什麼東西斷掉的聲音。

他完全無法思考。

一輝自己也不知道，他接下來到底會做出什麼事。

他的臉像是被花蜜吸引的蜜蜂，緩緩靠近史黛菈的胸口。

史黛菈則是含情脈脈地注視著一輝，輕撫臉頰的手移至一輝的後腦勺，緩緩施力，彷彿要包容他的一切——

叮——咚——

「「～～～～～————!!」」

房間的訪客鈴突然響起，嚇得兩人發出無聲的尖叫。

◆◇◆◇◆

第三者意料之外的來訪，正好給兩人潑了桶冷水。兩人反射性地拉開交纏在一起的身體與意識，各自退到床鋪兩端。

一旦興奮退去之後，緊接而來的是羞恥。兩人羞紅的臉彷彿要噴出火來。

他們剛剛到底在幹什麼？

他們打算做些什麼？

如果門鈴沒響的話，到底會變成什麼樣子？

他們越想下去，腦袋的血管越是瀕臨爆發。

「哈哈……門鈴響的時機該說是好還是不好啊……」

「是、是啊，就是說呢……喔齁齁、齁齁齁。」

史黛菈離開一輝身邊，急忙將浴衣的領口重新拉上，甚至拉緊得彷彿在綁緊束衣一樣。她的臉紅得彷彿能煮雞蛋，她一邊移開臉，一邊用不自然的高貴語氣這麼答道。

看來她是打算以語氣取回自己因為混亂而造成的失分。

她的努力實在是白費工夫，一輝也不知道該如何回應。

不過一輝自己同樣沉醉在那個氣氛中，也沒辦法抗議什麼。

「總、總之正好有人來訪，我們稍微冷靜一下吧……」

「也、也是，這麼做比較好。」

一輝得到史黛菈的同意，便下床走向房間入口。

途中，他拍了拍胸口。

（好、好險…………！）

剛剛的狀況如果就這樣順水推舟，真的會無法收拾。

自己明明已經發誓不能對不起史黛菈的父母，真的是太沒用了。

沒想到自己竟然這麼容易被氣氛影響——……不，要是史黛菈這樣美麗的少女露出那副煽情的樣貌，自己卻什麼反應都沒有，這樣也很奇怪。

總之，這名來訪者救了他一命。

得趕快請他進房，好好歡迎他。

現在他們兩個人最好不要單獨待在一起。

這個狀況根本尷尬到極點了。

（不過怎麼會有人這個時間還跑來我房間。到底會是誰？）

一輝一邊疑惑一邊打開房門——

「來了。是哪位？」

「晚安，我按照約定來畫你的裸體畫了。」

砰！一輝使勁關上大門，火速鎖上門鎖。

「一、一輝，怎麼了!?」

「是、是惡質的直銷業務員。」

「這裡是飯店裡耶!?」

從史黛菈的位置看去，正好會被一輝的背部擋住。門的另一頭並不是穿著西裝的業務員，而是有著一頭雜亂金髮的女性，而且她只穿著裸體圍裙，這身打扮簡直誇張至極。門外的人正是曉學園的莎拉・布拉德莉莉。

她在破軍學園襲擊之後，似乎看上了一輝。她甚至在七星劍武祭開賽前的選手親睦宴會上，逼迫一輝擔任自己的裸體模特兒。

看來她似乎不是在開玩笑。

不論如何，他不能迎接這種訪客。

他絕對不要當什麼裸體模特兒。

一輝壓著門把，拚命思考該怎麼解決這個逆境——

「打擾了。」

喀嚓一聲，一輝隔壁的「牆壁」忽然打開，莎拉從那裡進到屋內。

「咦?咦咦咦咦!?妳、妳從哪裡進來的!?」

「牆壁。」

「我看就知道了！我是說為什麼牆壁會打開啊!?」

「因為上面有門把啊。」

仔細一看，往房內打開的牆壁上多了個門把。

牆上竟然裝了那種東西，他都不知道。

「……怎麼可能原本就有啦！」

她肯定是用了某種能力。

「我先不管妳用了什麼能力，妳幹麼一直纏著我啊!?」

「我剛剛說過了。我按照約定來畫你的裸體了。」

莎拉毫不猶豫地答道。

她的雙瞳筆直固定在一輝身上。光看她的視線就能知道她有多認真。

但是一輝也是很認真在拒絕她。

「我不記得我有答應讓妳畫啊……」

「可是我和你約好了。」

「這不叫約定！我沒有和妳訂下任何共識！妳根本是單方面強求啊！」

「……你還真是意外地頑固。沒辦法，既然你都說到這個地步了——」

「妳願意放棄嗎？」

「我就讓步，我也脫了。」

「不對啦！我才沒要求妳做這種讓步！我就說我不要了，妳就早早放棄趕快回去吧！」

一輝拚死拚活地表示拒絕。不過——

「這可辦不到。」

他跟她根本雞同鴨講。莎拉堅持不肯退讓，甚至還走近一輝——

「……除了你以外，我誰都不要。自從那天觸碰你的肉體之後，我就一直想著你的事，滿腦子都是你的身影。除了你以外，沒有人能滿足我，所以你得負起責任。」

她以接近半裸的裝扮靠在一輝的胸膛上，說出這般危險至極的宣言。

「等、莎拉同學，妳也稍微挑一下用詞……！」

一輝頓時面無血色。幾乎就在同時，史黛菈的手搭上了一輝的肩膀。

一輝回過頭，便見到史黛菈笑得宛如惡鬼一般，頭上的青筋不停跳動著。

「一輝？這是怎麼回事呢？為什麼曉學園的痴女會跑來一輝的房間？而且從剛才開始就在說什麼脫不脫的……………你們趁我不在的時候，好像變得很親密啊？」

「史黛菈、等等……！妳先冷靜點，妳現在誤會可大了。」

「呵呵呵，一輝，你在說什麼啊？這裡不是五樓，是十樓喔？」

（糟了，她現在激動到不行……！）

她腦子充血過度，完全不聽人話了。

先不說莎拉的打扮，史黛菈本人連一輝的親妹妹珠雫也抱持著不小的戒心。

現在她親眼目睹一名陌生女子在晚上闖進男朋友的房間，怎麼可能善罷甘休。

這裡應該老實跟她解釋清楚，自己根本沒錯。

「我跟她真的一點關係都沒有。之前有一場選手們的親睦宴會，史黛菈不是缺席嗎？當時她希望我當她的……裸、裸體模特兒，就這樣。」

「咦？裸、裸裸裸、裸體模特兒——!?這、這怎麼行！絕對不可以！一、一輝的裸體連我都還沒有全部看過啊！」

「是這個問題嗎？」

「就是這個問題啦！總之我絕對不允許！否決否決！是說這位痴女到底想黏在一輝身上到什麼時候啦！快給我放開！」

史黛菈一邊怒吼，一邊把莎拉從一輝身上拉下來，狠狠推開。

莎拉一個不穩跌坐在床上，眼神忿恨地望向史黛菈。

「……〈紅蓮皇女〉憑什麼說不可以？這件事跟妳一點關係都沒有。」

「大有關係！因為我是一輝的女朋友啊！」

「那就沒問題了。我又不是想成為他的女朋友。他的心只屬於妳也沒關係，我的目標只有他的身體。」

「他的身體也是屬於我的……」

「咦？」

「話、話又說回來，妳說什麼想要他當裸體模特兒，的確很像是畫家會說的話，但又沒有證據證明妳是畫家啊！搞不好妳其實只是個變態，才會想看一輝的裸體啊!?」

© Won

「唔……」

莎拉聽完史黛菈這番話，表情明顯浮現怒意。

看來自己的畫家身分遭到質疑這件事，有損莎拉的自尊。

「……既然妳懷疑我的身分，我就老實地自我介紹好了。妳身為法米利昂皇族，應該也聽過我的名字。」

莎拉說完，從牛仔褲口袋中取出記事本，用原子筆在上頭寫了什麼，遞給史黛菈。

「這是我對外用的名字。」

「對外用的名字…………呃！咦咦咦咦!?」

史黛菈的臉上頓時染滿了驚愕。

記事本上簽著簽名，乍看之下根本不知道在寫些什麼。

但是史黛菈認得這個簽名。

「這是瑪莉歐・羅索……！」

「咦？那是誰？好像某個1p角色的名字。」

「……他是現在世界最頂尖的畫家。畫的交易金額最高甚至多達十四億左右。」

「十、十四億元!?」

「而且單位是美元。不過這位匿名畫家以性格孤僻聞名，從不以真面目示人，我也從來沒見過真人。」

「既然本人沒有露臉，她也有可能是假的吧？」

一輝這麼質疑道，史黛菈則是搖搖頭。

「不可能，因為這個簽名是真品。事實上，法米利昂皇宮的餐廳裡掛有瑪莉歐的畫，上頭的簽名和這個簽名的字跡完全一模一樣。那幅畫美得令人印象深刻，所以我記得很清楚。不過沒想到瑪莉歐是地下社會的人啊……據傳至今有過數名記者想追查瑪莉歐的真實身分，結果他們全都下落不明了……這樣就不難理解了。」

「妳能理解就好。」

莎拉見史黛菈接受自己的身分，便開口說道：

「我不是變態，我只是想親手畫下〈無冕劍王〉凜然的身姿，他就是我理想的男性形象。」

所以請妳別阻擾我。莎拉逐漸逼近。

但是史黛菈卻依舊站在兩人之間護住一輝，堅持不肯退讓。

「……我已經知道妳是一流的畫家，瑪莉歐・羅索筆下的一輝我也不是沒有興趣，但是這個跟那個是兩回事！妳看一輝那麼討厭，我絕對不會逼一輝去做他不想做的事……！」

「史黛菈……！」

自己的女朋友是多麼令人欣慰啊。

她誤會自己的時候，一時之間還真不知道該怎麼辦。幸好她很冷靜。

只要他們兩個人極力反對，莎拉也不得不放棄吧。

一輝安心地輕撫著胸口。

「如果妳不妨礙我的話，我可以跟妳約好，在法米利昂皇宮的牆壁上畫下你們兩位的肖像畫，以祝賀兩位永遠幸福美滿。當然，畫上會是身穿新娘禮服的妳，和新郎模樣的他。」

「……一輝，機會難得，乾脆讓她幫你畫一張畫，來紀念你出賽七星劍武祭吧！」

「非常爽快地被收買了啊啊啊啊——!?」

「沒問題的。這是藝術，一點都不需要害羞……！」

「別開玩笑啦——！」

二對一，狀況實在相當惡劣。

一輝一溜煙逃出房間——

「啊，等一下，一輝！」

「千載難逢的理想主體（Model）……絕對不會讓你逃走……！」

並且拿出全速逃離身後追來的兩人。

◆◇◆◇◆

一輝雖然甩開史黛菈和莎拉兩人，但是這裡是旅館內部，構造單純，沒有什麼好的藏身處。

這種地方，不可能只靠雙腳就徹底逃離兩人。

而且還必須找過夜的地方。

現在正是重要的七星劍武祭期間，可不能露宿野外。

但他又不能回自己房間。

既然如此，當然只能借住某個人的房間。

首先想到的選項就是有栖院的房間……但是絕對會被那兩個人逮個正著，風險太高了。

珠雫的房間也不行，之後一定不會有好下場。

但是夜已深，也沒有親近的朋友，可以不事前聯絡就闖進房間裡——

「——所以你就跑來我這裡了。」

「嗯，這種時候只能麻煩親人了呢。」

一輝煩惱到最後，選擇逃進大哥‧王馬的房裡。

「而且史黛菈她們也不會想到我會逃到王馬大哥這裡吧。所以，可以讓我借住一晚嗎？」

「滾回去。」

「我如果回得去，一開始就不會跑來**這種地方**啦。」

「擅自闖進別人房間裡，還有臉嫌棄啊。」

對方是家人，又是年長一歲的大哥，一輝的語氣顯得相當不客氣。

他會語中帶刺也是情有可原。雖然尚未公開，不過這位大哥不但協助恐怖分子，甚至曾經數度加害自己。

「那你就隨便滾去哪個人的房間都行。還是你根本沒朋友？」

「我還真不想被大哥這麼說。」

「……你也該稍微尊敬一下長輩吧。」

「哈哈，大哥也會開玩笑呢。久別重逢的大哥竟然變成恐怖分子的跑腿小弟，像你這樣的大混蛋稱得上是長輩嗎？我早就渺視你到極點了。還是說你希望我用放大鏡來看你嗎？」

「我還被討厭得真徹底啊……」

一輝似乎是被珠雫影響，一連串的毒舌發言使王馬皺起眉頭。

不過王馬也有自知之明，他的確是做了不少惹人厭的行為，因此便不再多話。

「……只有今天晚上啊。」

他一臉厭煩地答應讓一輝進房。

旅館的房間很寬廣，而王馬本來就不習慣睡床鋪。

所以他認為讓一輝住一晚也無妨。

「謝啦。」

一輝隨口道謝，便跟在王馬身後進到他的房間。

房內沒有開燈。

他剛剛該不會已經在睡覺了吧？

一輝觀察房裡的模樣，這麼心想。王馬則是從附設的冰箱裡拿出礦泉水，同時問一輝：

「要喝點什麼嗎？」

「不了，我再過不久就要睡了。」

「是嗎？你要睡就睡床上吧。我不用床。」

「……那我就不客氣了。」

一輝接受王馬的建議，在床邊坐下。

王馬則是靠著房間的牆壁，直接坐在鋪有墊子的地板上。

他的視線在黑暗中依舊犀利。他望著一輝，這麼問道：

「所以你到底是來幹什麼的？不單純只是來逃命的吧？」

「————算是吧。」

王馬說對了。

一輝的首要目的確實是擺脫莎拉等人，但他也不會只因為這麼點理由跑來王馬的房間。

畢竟他昨天才剛襲擊過自己。

但是一輝還是選擇這個地方藏身。

他會做這樣的判斷，當然有個相應的理由。

「最近我們兩個每次見面總是殺氣騰騰的，實在沒什麼機會交談，所以我想好好和大哥聊個幾句。」

王馬並沒有答應，但也沒有拒絕。

所以一輝就當作王馬默認了，開始解釋道：

「我其實很尊敬大哥。你總是比任何人都更嚴以律己，身受眾多家人的期待，從未讓他們失望過。我甚至可以說是景仰著大哥，認為你是黑鐵家中唯一值得我效仿的人。大哥小學畢業之後就失蹤了，不過我一點都不擔心。當時的日本對大哥來說太狹小了，大哥肯定是想遊覽世界，進行武者修行吧。」

事實上，王馬在中學一年級失蹤之際，不論國內外，早已無人能敵。

王馬早在小學六年級，就已經稱霸聯盟主辦的世界大賽，成為U（Under）－12的世界王者。與王馬同齡、甚至是中學生（Senior）們，都只能臣服在王馬的力量面前。這樣看來，王馬中學一年級的實力，可能早已超越當時的〈七星劍王〉，也難怪那些對手會敗得體無完膚。

王馬比任何人都執著於追求強大。這個情況對他來說，無疑是一種痛苦。

更何況，以日本為首的騎士聯盟加盟國制定了一項規定。
未達騎士學校年齡限制的中學生或小學生（Little），不得進行〈幻想型態〉以外的戰鬥。這個規定更是令王馬感受到閉塞感，幾乎要喘不過氣來。
沒有賭上性命的戰鬥，稱不上真正的戰鬥。
他不論走到哪，見到的都是耍兒戲般的戰鬥。
這種戰鬥就算打上千百遍，也不可能真正變得強大。
就連一輝也隱約察覺得出來，更不用說王馬了。
所以王馬離家這件事，一輝一點都不意外，甚至認為是理所當然的結果。那樣的大哥不可能滿足於小小的中學盃聯賽。
大哥始終是勇往直前，而一輝就是憧憬著他那遙不可及的背影。
「正因為如此，大哥變成恐怖分子，出現在我眼前的時候，我的打擊真的很大。」
於是一輝問道：
「——大哥為什麼要協助〈解放軍〉？」
一輝今天會來到這間房間，就是為了問王馬這個問題。
一輝記憶中的大哥，是個和陰謀、謀略無緣的男人。
他原本應該是一名嚴謹剛直、自始至終追求強大的騎士。
他究竟是為了什麼，才會為虎作倀？
一輝想知道原因。

對此，王馬雖然提不起勁，卻還是回應了一輝。

「……我先更正一件事。我並沒有加入〈解放軍〉，只是個『客座生』罷了。」

「什麼意思？」

「遲鈍。有關於這次七星劍武祭的一連串騷動，最核心的人物是誰？」

「……是月影總理嗎？」

「沒錯。我不是加入〈解放軍〉，而是屬於『那一邊』的陣營。我會參與月影總理的陰謀，是因為嚴的委託——他希望我能協助月影總理達成理想。」

「是、是爸爸……!?」

「這值得驚訝嗎？月影率領的執政黨企圖藉由脫離〈騎士聯盟〉，來取回日本主權。而原武士局原本握有掌控國內伐刀者的強權，卻遭到聯盟剝奪。雙方在『反聯盟』這點上，利害關係一致。聯盟對我們的行動進行報導限制，從這點來看，雙方有聯繫也是理所當然的事。」

事情確實如同王馬所言。一輝當然也曾想過這點。

但是他不認為那樣耿直的父親會參與這種宛如政變般的陰謀。

不過王馬親口證實了這個論點。既然如此，先不論父親的想法，雙方的關係的確如王馬所言。

一輝對此，心中只有說不出的震驚。

而他最驚訝的就是——

「太意外了，大哥竟然會聽從父親的指示。」

他對這件事也感到訝異。

大哥竟然會用這種方式孝順父親。

王馬聞言，則是露骨地皺起臉。

「胡說八道，我老早就捨棄親人了。我是為了要讓臣服在你手上的〈紅蓮皇女〉清醒過來。對我來說，站在曉學園那一方比較方便，會答應嚴的委託只是順便。」

「害羞了嗎？」

「你想死啊。」

「你知道月影總理到底在盤算什麼嗎？」

「不知道，我也不打算知道。」

從王馬的語氣聽來，他是打從心底對這件事不感興趣。

實際上，他的確對月影等人的目的漠不關心。

他真的只是因為自己的目的和他們的行動利害關係一致，才順手幫他們一把而已。

「這樣啊……這樣我大概瞭解了。」

一輝得知事實後，不可思議地感到安心。

他果然還是不想看到王馬為了那些狡猾的企圖費盡心思。他搞出一大堆事，只為了和史黛菈來一場滿意的比試。這麼做還比較有王馬的風格。

不過話又說回來……

「王馬大哥還真執著於史黛菈呢。昨天也是因為史黛菈跑來襲擊我。」

一輝提到的是昨晚發生的事。

昨晚王馬趁著一輝從諸星家回旅館時，在中途出手襲擊一輝。

他的動機似乎是因為一輝的存在，會使史黛菈變得弱小，打算徹底排除掉一輝。

「我本來以為今天來這一趟可能也要先打上一場。今天不打算動手嗎？」

「──已經沒那個必要了。」

「什麼意思？」

「就是字面上的意思。你也看到今天的比賽了吧？〈紅蓮皇女〉的實力已經是今非昔比，確實掌握住自己的力量了。而且她能在短時間激發出潛力，是因為她感受到那個必要性──一切都是為了打倒我。就算她擁有多麼優秀的才能，要是不向上邁進，是不可能有所成長的。而史黛菈已經漸漸從你的詐術中覺醒，一點一滴理解真正的對手是誰了……這實在令人欣慰。」

「…………」

一輝聽完王馬的話，自然感受到些許不滿。

和史黛菈定下約定，互相競爭的人可是一輝自己。

王馬卻把史黛菈的努力說得像是「全都是為了打倒自己」，聽了就不舒服。

但史黛菈成長的契機，的確是因為敗給王馬這件事。一輝實在沒辦法反駁，因此更是煩躁。

不過……

「我明白你今天不動手的原因了，可是我還是不知道你為什麼這麼執著於史黛菈。日本還有幾名現階段確實強於史黛菈的騎士，例如〈鬥神〉或〈夜叉姬〉。你如果要進行武者修行，找他們幾位比較適合吧？但是你卻執著於史黛菈，促使她成長，未免也太拐彎抹角了。理由是什麼？」

沒錯，王馬還沒解釋這一點。

一輝身為史黛菈的戀人，這是他最在意的部分。

所以他繼續逼問。

而王馬面對一輝的質問——

「哼……真像是你會問的問題，**完全搞錯重點**。」

他略帶嘲諷地笑了笑，冷淡地回望一輝。

「咦……？」

「你從根本誤解了『騎士之力』。你就是抱著這種想法，才會輕易地走上邪門歪道。」

你給我聽好了。王馬像是在教訓一輝似地繼續說道：

「一名騎士能成為騎士，是因為擁有魔力。

而魔力是超越常理，革新世界的力量。甚至可以說是『將自己的意志化為能力反映在世界上』。魔力總量窮盡一生也不可能有所改變，那是因為一名騎士在出生的瞬間，就已經決定他對世界的影響力，以及他能在世界上刻印多大的歷史。

人們將之稱作『命運』。

也就是說，『騎士之力』是擊退他者的『命運』，貫徹自己『命運』的能力。

而〈紅蓮皇女〉史黛菈・法米利昂在魔力量上擁有世界第一的強大。若要追求強大，沒有比她更合適的對手。」

——魔力即為貫徹命運的力量。

這是現階段人類對騎士的魔力所下的註解。

事實上，魔力強大的A級騎士們不論善惡，全數留名於歷史之中。他們的確完成了這種程度的壯舉。所以騎士的世界中，最重要的就是魔力量。

王馬的主張是基於這樣普遍的解釋，絕不是空口無憑。

不過——

「那也只是潛力的問題吧。就現階段來說——」

「確實是〈夜叉姬〉等人比較強大，是嗎？的確是沒錯。

但是那點程度，只要強行挖掘她的潛力就夠了。

只要給她契機，讓她覺醒，就這麼簡單。

而她的實力已經漸漸開花結果。你也見到**那條龍的身影**了吧？

如果那才是〈紅蓮皇女〉的核心，那麼〈鬥神〉或〈夜叉姬〉根本遠遠比不上。

是說你根本搞錯了，我並不是想要一場不利於我的勝負。就如同你所說，想要一場不利於我的勝負，只要挑戰〈夜叉姬〉等人就夠了──**不過那種程度的絕境，這五年來我已經度過了無數次。**」

「…………！」

「我在〈紅蓮皇女〉身上追求的，才不是不利於我的**勝負**。而是我竭盡全力也無法觸及的，那種壓倒性的力量，以及不留任何一絲退路，絕對的**蹂躪**。面對我這樣的A級騎士，能辦得到這種事的，只有擁有絕對魔力量的史黛菈。然後…………我**這次一定要**跨過那個……只要越過了那個……就能止住這隻手的顫抖了。」

王馬這麼說著，抓住自己的右手臂。

仔細一瞧，他的右手一陣一陣地顫抖著。

一輝明白。那股顫抖，是來自於無法抑止的**恐懼**。

他到底在害怕什麼，竟然會怕到顫抖的地步？

一輝無從得知。

不過……即使在陰暗之中，一輝也能清楚見到，王馬全身燃起烈焰般的強烈鬥志。一輝見到這股鬥志後……覺得非常開心。

（他一點都沒變啊……）

或許是因為那樣糟糕的再會，一輝以為王馬完全變了個人……但事實並非如此。王馬一點都沒變，他和自己憧憬的那個時候一樣，始終直率地追求著強大。

「——王馬大哥，我稍微對你另眼相看了。」
「具體來說，是何種程度？」
「至少我不需要用放大鏡，就能直視你的眼睛吧。」
「……盡會耍嘴皮子。」
王馬聞言，皺了皺眉，接著閉上眼。
「廢話就到此為止。我要睡了，你也快睡吧。」
「知道了。」
他想問的都問完了。
他雖然有點在意王馬方才感受到的**恐懼**，不過他和王馬並沒有感情好到能挖掘對方的隱私。
因此一輝闔上眼，遮斷了意識。
今天比賽的疲勞，加上昨晚幾乎沒睡，睡意有如夜風，柔和地吹進一輝體內。
他的意識即將墜入睡眠的黑暗之中，就在那前一刻——
「——你被一個麻煩至極的男人盯上了。明天之後估計不會有什麼好事，你最好先有個心理準備。」
一輝聽見王馬這麼說道。
……而這番幾近忠告的話語，在隔天早晨化作了現實。

・新訊息　一封
・寄件人：第六十二屆七星劍武祭營運委員會
・標題：通知各位第六十二屆七星劍武祭出賽選手
・內文：
『今早營運委員會收到B區參賽的
曉學園一年級・多多良幽衣選手
曉學園一年級・風祭凜奈選手
以上兩名選手的棄權通知。
曉學園一年級・平賀玲泉選手由於惡意犯規，已抹消參賽資格。
由於兩名選手棄權，破軍學園・史黛菈・法米利昂選手確定晉級準決賽。
另外，由於比賽數量因以上要素減少，營運委員會決定將賽程提前，
將於今日內消化完**第二輪與第三輪比賽**。
二連戰可能會對各位選手造成困擾，還請多多配合。』

破軍學園壁報

角色介紹精選　　　　文編・日下部加加美

RINNA KAZAMATSURI

風祭凜奈

■PROFILE

隸屬：國立曉學園一年級

伐刀者等級：C

伐刀絶技：隸屬項圈

稱號：魔獸使

人物簡介：風祭財團的大小姐

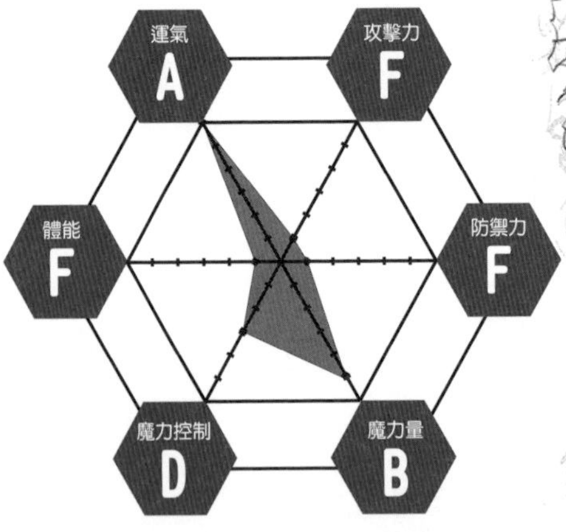

加加美鑑定！

曉學園內有許多身分不明的人，不過這位大小姐卻稀奇地暴露了真名。

她是日本首屈一指的富豪大小姐，足以和貴德原相提並論呢。我不知道她為什麼會加入曉學園，或許比起解放軍，她和月影總理還比較有淵源呢。

她的〈隸屬項圈〉是擁有「支配」的概念干涉系能力，能夠將裝上項圈的人當作靈裝使喚。這個能力的特徵是，伐刀者的強度和戰鬥方式會因為裝上項圈的對象而大幅度改變。而風祭同學本人似乎很弱的樣子。

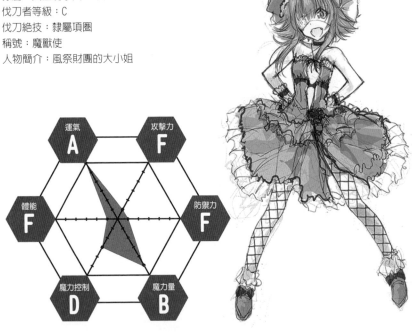

第七章 七星劍武祭第二輪戰・開戰

由於比賽數量調整，第三輪比賽提前舉行。

這個通知使得現場陷入大混亂。

特別對於出場第二輪的選手們來說，更是大事一件。

畢竟按照慣例，七星劍武祭是以一天一輪為原則。

現在卻突然顛覆了這個前提，被強迫連戰。

第二輪比賽是從上午九點開始，而第三輪比賽則是晚上六點。雖然兩場比賽之間空出了休息時間，但是這點程度的時間對選手們來說，如同杯水車薪。

理所當然會招來抗議。

不只是選手等有關人士，早已購入最終日預約席的觀眾，甚至是衝著七星劍武祭的聚客力，準備趁機大賺一筆的當地商會們，紛紛叫苦連天。

不過營運委員會並未多做說明，強行縮短賽程。

於是第六十二屆七星劍武祭第二輪比賽，就在混亂中展開了。

營運委員會究竟在盤算什麼？

——一輝等人是在A區第二輪比賽，〈烈風劍帝〉黑鐵王馬與〈鋼鐵狂熊〉加我戀司分出勝負之時，才得知內情。

正好是他們和破軍學園新聞社‧日下部加加美會合的時候。

「啊，有了有了！呦～各位！」

「哎呀，這不是加加美嗎？」

「日下部同學，午安。」

加加美在選手席找到一輝等人，便急忙跑到眾人面前，大聲說道：

「哎呀～恭喜各位通過第一輪比賽！沒想到破軍學園代表竟然能全部通過第一輪呢！這在破軍學園長久的歷史中，這還是史上頭一遭啊！是壯舉、壯舉喔！我本來打算昨天就來和你們道賀的，不過我光是整理要送回學園的原稿檔案就已經拚死拚活了，結果等到告一個段落的時候，已經天亮啦～」

「不過妳看起來挺有精神的嘛。」

有栖院半開玩笑地吐槽。加加美則是大大挺起胸膛。

「這是當然的啊，熬夜整晚就會累倒的話，可幹不了記者！而且『破軍學園代表全員通過第一輪比賽！』這種報導不是超令人振奮的嗎？我開心得不得了，一點都不累啊！折木老師說留校組的大家徹夜開宴會慶祝，喝得爛醉啊！」

「要是在沒有成年禮的時代，恐怕會被罵說不能在校內胡搞呢。」

「啊哈哈，真的呢。不過這也不錯啊，昨天不只是我們，校內的大家也很嗨啊。特別是史黛菈！你們知道嗎？那場四對一比賽的瞬間收視率！竟然突破百分之八十二了啊！ＫＯＫ・Ａ級聯盟的決勝賽也沒有這麼高的收視率啊！根本是中大獎！連紅白都沒得比……呃、咦？」

加加美原本像機關槍一樣說個不停，此時卻突然中斷。

因為話題中的史黛菈──

「…………呃～唔～」

她正縮起身體蹲在欄杆前，低聲呻吟。

「……史黛菈好像很陰沉？怎麼了？是那個來了嗎？」

加加美脫口說出沒品的發言。有栖院則是往加加美的頭上一敲。

接著開始解釋史黛菈蜷縮著身體的原因。

「她應該是感受到責任感了呢。她似乎認為是因為自己一舉稱霸了Ｂ區，才會害一輝不得不連戰兩場比賽。」

加加美一聽，這才恍然大悟。

「啊啊……原來啊……說得也是，學長的能力非常不利於連戰呢……」

不論是〈一刀修羅〉或是〈一刀羅剎〉，一輝只要一發動伐刀絕技，就會將魔力榨得一滴不剩，必須休息一整天，魔力才能回復到能夠再次發動的水準。而一輝的戰略肯定會因此大幅度縮減。

「我是要她別太介意，畢竟不是只有我一個人連戰。而且一般來說，事前根本不可能預測到營運委員會會做出這樣等同於特例的決策。」

正如一輝所說，一般不可能做出這種決策。

比賽會場的契約、警衛的行程都是早就決定好的，現在卻突然縮減比賽日數。與其說是特例，還不如說是異常。

七星劍武祭雖然是學生們的比賽，但也是娛樂事業的一環。

營運委員會這次的決定，可能會摧毀所有與七星劍武祭相關事業的組織結構。

一般來說，單就比賽數量不夠，也不可能下達如此誇張的決策。

所以要將這件事歸咎於史黛菈，未免也太過頭。

與其反省這件事，一輝還比較希望史黛菈好好反省一下她昨晚的舉動。她竟然被莎拉說服而背叛自己——

「……日下部同學，妳有媒體相關的情報網。關於營運委員會的決策，妳是不是知道什麼內情？」

「嗯～……要說我知不知道，是多少知道一點啦～」

加加美被珠雫這麼一問，語帶模糊，露出了困擾的神情。

然後她瞥了一眼史黛菈。史黛菈從剛才開始就不斷散發出溼黏的沉重氣息，簡直快變成加溼器了。

「我要是說出來，可能會剛好給史黛菈最後一擊，所以我實在很難說出口啊。」

「咦？果、果然是我的錯？是我不好嗎!?」

史黛菈猛地跳了起來，臉色發青地逼問加加美。

加加美則是大大搖頭否定。

「不不不！絕對沒有這回事喔!?史黛菈一點錯也沒有。營運委員會會下這樣的決策，全都是因為大人的世界、說得直接點，就是跟金錢有關啦。只是……史黛菈剛好成了那個牽扯在內的『要素』。」

「加加美同學，妳如果只說到這裡，我們反而會在意得不得了。妳能告訴我們原因嗎？」

「……要保密喔？」

一輝這麼要求加加美。加加美補上這句話之後，開始回答一輝的問題。

「七星劍武祭因為是學生們的祭典，表面上不能進行商業行為，不過伐刀者之間的戰鬥不論如何都很花錢。

會場的租借費。

設施損毀的修繕費用。

為了確保觀眾席安全的保全費用。

交通整頓、委員會的人事費用等等等等——

要是不花上一大筆錢，實在很難經營。

只靠觀眾席收入或廣告收入，還是不太夠。

所以七星劍武祭的主辦者——〈騎士聯盟日本分部〉便拍賣了比賽的播放權，用拍賣收入來擠出大會的各種費用。這個祭典原本應該屬於未來的國家棟梁們，根本不應該存在播放權，不過〈聯盟總部〉不希望日本政府介入騎士教育，因此規定分部不能接受政府的援助金，要是不拍賣播放權，根本不可能舉辦比賽。所以這是無可奈何的做法。

但是這樣一來，一定會有人的權力比主辦者更大。

「是贊助商，對吧？」

「沒錯。營運委員會這次會強行壓縮賽程，是因為贊助商的客訴如火如荼而來。『B區的第二輪跟第三輪比賽怎麼會取消，你們違契！』之類的。」

「……他們也太強詞奪理了。這是人類之間的比賽，選手棄權導致比賽場數減少也不是什麼稀奇事啊。」

有栖院傻眼地說道。加加美也點頭同意。

「是啊。一般來說，營運委員會以及背後的〈日本分部〉是不會理會這種抱怨的，而且贊助商也不會因此就提出客訴。不過今年的狀況有一點不一樣。」

「狀況不一樣？」

「嗯……剛才我也說過電視台會競標比賽的播放權，但還有一件事，這個絕對要保密。實際上，各家核心電視台內部有密約，每年輪流取得七星劍武祭的播放權。〈聯盟總部〉雖然是這樣規定，不過這場比賽是國家重要的節目，應該要公平取得播放權，所以競標價幾乎不會起伏。最近十年大概都維持在五十億元左右，這筆錢就用作每年的七星劍武祭營運資金。不過……今年不一樣。今年的七星劍武祭營運資金……也就是競標得來的金額……竟然超過一千億元。」

「一、一千億元!?」

「什、什麼啊！這個金額是往年的二十倍啊!?為什麼會這樣……」

有栖院和珠雫聽見如此龐大的增加金額，驚呼失聲。

但是一輝馬上察覺造成金額異常膨脹的原因。

「──原來如此，史黛菈是牽扯在這個地方啊。」

「學長，你猜得真準呢，就是這麼回事。」

「咦、咦？到、到底是怎麼回事!?為什麼金錢相關的話題會牽扯到我啊？」

史黛菈跟不上話題，疑惑萬分。

加加美則是對她說明道：

「那是因為史黛菈是世界聞名的大明星啊。

一國的皇女，同時也是騎士。妳光是擁有這樣的要素，就已經是話題性十足了。

更何況史黛菈還掛著『魔力量世界第一的A級騎士』這樣的大招牌。

再加上那張沉魚落雁的美貌，看過妳之後，甚至會覺得普通的國民偶像如同海象。根本是四暗刻・大四喜・字一色・八連莊的四倍役滿啊！

史黛菈的存在，甚至改變了七星劍武祭這場表演本身。

以往的七星劍武祭雖然人氣相當高，卻也只限於**日本國內**。不過，倘若舉世矚目的〈紅蓮皇女〉史黛菈．法米利昂也要出賽七星劍武祭，這場比賽已經不再是日本一個國家的祭典了，包括聯盟旗下的各國、未入聯的各國都會被牽扯進去。

當然，海外的電視台也會不惜成本，大量投入資金來取得播放權。」

不過贊助商會砸下大錢，也代表他們會全力回收利潤。

他們和長年進行調節、妥協的日本贊助商完全不一樣。

是一場絕對輸不得的大賭注。

「——而這場大賭注中最重要的史黛菈，卻直接少掉兩場比賽。七星劍武祭會有兩天比賽不會有史黛菈登場。贊助商怎麼也不會對這個狀況坐視不管，所以才會提出客訴。不，他們的壓力早就超過客訴的程度了，畢竟金額那麼大筆，他們根本是幾近於慘叫吧。而營運委員會也因為金額過大，無法單方面強行執行決策。」

要是這麼做，肯定會出人命。

而且不只是一、兩個人就能解決。

「所以營運委員會從昨天深夜到今天凌晨都在為這件事爭論不休，最後他們決定將播放權拍賣額的五分之一……也就是一天份的金額歸還給各國的電視台，同時縮減一天份的賽程，讓史黛菈不出賽的時間縮減到一天，以此來收尾。而原本進行決賽的那一天，則是舉行原A級聯盟魔法騎士們的表演賽。他們今天也可能用各式各樣的理由，要求史黛菈參加那場表演賽也說不定。」

「我完全不知道我這樣亂來，竟然會演變成這種局面……」

史黛菈聽完自己的行動導致的大混亂內情，簡直欲哭無淚。

「我到底該怎麼承擔這個責任……」

史黛菈這麼低語道。不過——

「才不是這樣！」

加加美語氣異常強硬地說道。

「加、加加美？」

「〈小丑〉是因為犯規失去比賽資格，又不是史黛菈的錯；曉學園的其他兩人也是因為個人判斷才會棄權，所以史黛菈不需要感到愧疚。那場特別比賽也是經過所有參與決策的營運委員承認，正式舉行的公開比賽。而且……我、學校的大家都非常的開心喔。」

「開心………？」

「史黛菈是為了幫我們復仇，為了不讓他們逃過一劫，才會提議那樣誇張的比賽吧？這場大賽對妳自己來說多麼重要，妳卻為了我們這些弱到不行、只能咬著指頭哭的人，獨自一人擔起風險，上場戰鬥。我們看到史黛菈把他們打得七零八落，真的超～～～級爽快的啦！」

加加美說完，毫不猶豫地抱緊史黛菈。

「謝謝！我越來越喜歡史黛菈了！」

「加加美……嗯…………我也最喜歡加加美了……！」

史黛菈也回抱著加加美。

她的表情開朗了起來，看得出來她已經放下多餘的責任感了。

——太好了。

一輝注視著兩人，真心這麼想著。

一介學生本來就不需要顧慮到那些贊助商。

加加美在解釋的同時，也不忘補充這個部分，實在是能言善道。

她真的是個非常好的朋友。

（總之，託加加美的福，史黛菈應該沒問題了。）

緊接著……——這一連串的混亂，真的只是順水推舟的結果嗎？

『所以、所以啊，你要受更多更多的傷，流更多更多的血，更加更加磨耗自己喔。我會為這樣的一輝加油，直到喉嚨啞了為止。』

一輝回想起那番話，恐懼頓時爬滿了全身。

一輝知道，有一個能力者或許能掀起這麼大的風波。

「……哥哥，這該不會是……」

在場的珠雫也興起了同樣的想法。

她緊繃著臉，仰望著一輝。

一輝則是點頭回應。

「是啊，我也這麼想。如果是昨天的他，可能會許願讓我陷入不利。」

「嗯？學長，那是什麼意思啊？這句台詞頗引人遐想呢。」

「……事實上，昨天發生了這樣的事——」

◆◇◆◇◆

「能實現任何願望的能力……那是什麼啊？太誇張了吧……！」

「原來如此。不過既然他擁有那種能力，會有那種詭異的戰績也很理所當然呢。」

昨天遇見天音的經過。

以及發生在〈白衣騎士〉藥師霧子身上的不幸。

史黛菈和加加美聽完前因後果後，神情顯得相當陰沉。

「加加美，要是把這件事通報營運委員會，能判天音喪失資格嗎？比賽以外絕對不能使用能力吧？這可是犯了大忌耶。」

「嗯～很難吧，甚至可以說是沒辦法。」

「為什麼啊？」

「因為沒證據啊。從這次的內部金錢糾紛，到營運委員會的強制決策，雖然狀況異如往常，卻還算有道理，是遲早會發生的事。就算紫乃宮同學真的有使用能力，要想證明其中有他的能力介入，幾乎是不可能的。」

「再說，如果天音同學真的擁有那樣的能力，就算想讓他喪失資格，也**必定以會失敗收場**。」

史黛菈聽完一輝的補充，氣得直跳腳，出聲低吼著。

「唔唔唔～氣──死──我──了！那傢伙明明說自己是一輝的粉絲，卻處處妨礙一輝……！反正我現在沒比賽很閒，乾脆現在去暗殺他好了……！」

「要是這麼做，可能會演變成只有妳喪失資格。」

「唔唔。」

珠雫冷靜的嗓音猛地一刺，史黛菈更是哀號。

但就如她所言，就算她真的下手，最後可能會變成只有史黛菈會喪失資格。

「史黛菈同學和哥哥就不需要太在意他的事了。」

珠雫繼續說道：

「反正我會在今天下午舉行的第三輪比賽擊敗他。」

她的語氣略帶些許肯定。

「珠雫，妳沒問題嗎？說是能實現任何願望，範圍也太大了，根本不知道他會如

何使用在戰鬥中，也沒辦法設立對策啊。而且妳可能會像剛剛說到的〈白衣騎士〉一樣，因為某種形式無法出席比賽……」

「哎呀？史黛菈同學，妳該不會是在擔心我吧？真意外呢。妳開始喜歡上純真可愛的我了嗎？」

珠雫露骨的挑釁讓史黛菈頓時漲紅了臉。當然，是因為憤怒。

「妳、說、說什麼傻話！怎麼可能啊！誰會擔心像妳這種刁鑽古怪的小姑！我只是看妳自信滿滿地說大話，有點在意妳哪來的根據而已！」

「我當然是有憑有據，不然我才不會這麼說。」

「咦!?真的嗎!?」

「當然，我已經知道怎麼破解〈女神過剩之恩寵〉了。」

一輝事前已經得知珠雫找到對付天音的突破口，所以不怎麼驚訝。史黛菈則是驚訝不已，立刻追問：

「是、是什麼——」

「我才不告訴妳。」

珠雫面對窮追不捨的史黛菈，她的語氣惡劣得非比尋常，還對著史黛菈吐舌頭。

史黛菈頓時氣得怒髮衝冠，噴出點點磷光。

「一輝！你的妹妹性格太惡劣了！你到底是怎麼教育她的！」

「哈哈哈……以前她明明是個坦率的好孩子啊。」

「哥哥，沒這回事。珠雫從以前就只會在哥哥面前裝做好孩子而已。」

一輝聽見不想面對的事實，不禁有些沮喪。

就在此時──

『通知各位C區選手：

現在進入十分鐘的休息時間。待戰圈清掃完成後，C區第二輪第一場比賽即將開始。

各位C區選手請至準備室集合。再次重複──』

廣播響遍了會場。

C區正是一輝登記的比賽區塊。

「原來如此，因為沒有B區的比賽了，A區之後接著是C區啊。那我差不多該去準備室集合了。」

一輝說完，便從眾人的圈子裡退出一步。

夥伴們則是紛紛出聲為他加油。

「哥哥，祝您武運昌隆。」

「今天還得連戰，你要小心分配體力喔。」

「學長加油！我會期待拍到好照片的！」

一輝以笑容回應聲援，最後看向史黛菈。

史黛菈則是……到了比賽時間之後，果然還是心生愧疚，垂著眼神，欲言又止。

「…………一輝，那個……」

一輝會擔上連戰的重擔，自己也有一部分責任，她不知道自己該怎麼為他加油。史黛菈應該是為此猶豫不決。

一輝察覺到這點——主動開口說道：

「這對我們彼此，都是一種意想不到的幸運呢。」

「咦？呃、嗯？」

一輝意外的發言，令史黛菈不知所措。

她似乎完全無法理解一輝的話。

不過對一輝來說，這場意外插曲反而是一種幸運。因為——

「我們睽違已久的決賽，竟然足足提早了一天。

這如果不是幸運，又是什麼呢？

我從剛才開始，每每看見史黛菈的臉蛋，心中簡直是**沸騰**到極點。

——妳不也一樣嗎？」

「————」

一輝的雙瞳中，蒼藍火焰般的鬥志靜靜燃燒著，同時對史黛菈這麼說道。

史黛菈的緋色眼眸則是瞪大了一下——

「當然了！」

接著咧嘴一笑，這麼答道。

緋色雙眸已經不再低垂。

她直率地注視著一輝，燃起熊熊烈焰。

恢復原狀的史黛菈握起拳頭，輕敲了一輝的肩膀。

「你要是輸了，我可不饒你！」

「嗯，我知道了。」

於是一輝邁開步伐，前往七星劍武祭第二輪比賽的舞台——

◆◇◆◇◆

做為七星劍武祭會場的灣岸巨蛋，紅藍兩個入場閘門相對而立。

七星劍武祭的參加選手們會分為兩隊，分別前往兩個閘門內部的準備室待機，等待入場廣播。

而當天早上委員會會寄送訊息，通知選手抽到哪一側的閘門。

一輝昨天是藍色閘門，而今天則是紅色。

對選手而言，每次都要變更待機場所，的確是有些許不便，但既然比賽是以淘汰賽形式舉行，準備室、一同待機的選手們會每次更改，也是無可奈何的事。

沒錯，也就是說——

（會發生這種事啊～………）

在煞風景的準備室裡，一輝坐在鐵椅上，畏畏縮縮地偷看在同個房間裡待機的選手。

這間房間是以水泥隨意搭建起來的。而四坪大的房間中心，一名少年袒露胸膛，上頭刺著骷髏，惡狠狠地坐在鐵椅上，蹺著二郎腿。那名少年——正是貪狼學園三年級，〈劍士殺手(Sword Eater)〉倉敷藏人。日前一輝因為介入綾辻絢瀨為中心引發的騷動，與他一戰，並且打敗了他，是一名孽緣不淺的對手。

而且因為第二輪比賽是由贏得C區第一輪的四人進行，一間房間只有兩名選手。比賽前，竟然要和渾身殺氣的老冤家單獨待在一起。

兩人當然不可能有什麼對話……房間的氣氛沉重如鉛。

而且——

（他好像………從剛剛開始就一直瞪著我。）

打從一輝進到這個房間裡開始，藏人就一直皺著眉間，狠瞪一輝。

不知道是不是錯覺，一輝似乎在他額上見到青筋跳動。

（他、他應該、不會突然衝上來吧？）

一輝很瞭解藏人的火爆性格，也深知藏人對自己怨恨很深，只能一個勁地提心吊膽。

一輝就這樣坐立不安，度過大約一個小時的體感時間後——

『通知準備室內的各位選手。

比賽時間已到，現在即將舉行C區第二輪第一場比賽。

莎拉・布拉德莉莉選手，倉敷藏人選手。

請兩名選手各自經由入場閘門登上戰圈。』

——終於傳來了入場廣播。

一輝終於能從這股緊張感中解放出來。他剛才根本像是和空腹的獅子關在同一個籠子。

一輝這麼心想，安心地鬆了口氣。此時——

「哈啊……」

同一時間，藏人也大口吐出了氣息。

「……終於可以離開這個空間了。」

藏人似乎是打從心底鬆了口氣。

他該不會也和自己擔心同樣的事——

一輝才這麼心想——

「我看到你這傢伙的瞬間，就想幹掉你。老子光是壓抑這份殺意就費了不少勁啊。」

（咿咿——！）

這個理由實在太有藏人的風格，一輝頓時面無血色。

「……你能忍住真是幫了大忙了。」

「我當然要忍，而且我一定得忍住。可不能在這種地方喪失資格啊……還有一戰。只要再贏一場就可以了。這樣我今天就能和你打上一場，就能徹底打敗你了啊…………！」

「你還真有自信，不過你現在最好只想著等一下要對上的對手。那個女孩……莎拉・布拉德莉莉是曉的學生，也就是〈解放軍〉的恐怖分子。可沒辦法簡單——」

「我才管不了那麼多。」

藏人毫不把莎拉放在眼裡，凶狠地說道。

「不管那女人有什麼身分，那都跟我無關。黑鐵，對我來說……除了和你的那場比賽以外，其他都不重要。」

「…………！」

藏人渾身瞬間竄起強大的鬥氣與魔力，令人寒毛直豎。

「我是為了和你一戰，才來到這裡的。

我為了奉還這筆帳，兩個月來**不斷地修練**……！

我為了贏過你，獲得了這股力量…………！」

鬥氣與魔力的色澤，隨著藏人語中的興奮逐漸增強，逐漸聚集在他的右手上。

於是，孕育戰意的魔力互相結合，形成了只為鬥爭而存在的形體。

彷彿是大蛇的骨頭組合而成的白骨之劍——固有靈裝〈大蛇丸〉。

「什…………!?」

一輝一見到他的靈裝，忽然露出難以言喻的驚訝。

為什麼？他並非第一次見到〈大蛇丸〉。

原因就在藏人的左手上。

他的左手和右手，竟然握著形狀完全一樣的靈裝。

「二、二刀流…………!」

但是這不可能。

的確有伐刀者能夠顯現出複數的靈裝，但那是因為**靈裝的形式原本就是複數**。

〈劍士殺手〉倉敷藏人的靈裝〈大蛇丸〉是一刀流。

他的靈裝和有栖院不一樣，並非複數。如果他是二刀流，之前一輝和他戰鬥的時候，他應該會主動展現才是。因為比起一刀流，二刀流更能充分**活用**〈劍士殺手〉擁有的〈神速反射(Marginal Counter)〉。

而且仔細一看，靈裝本身的形狀也有所改變。

藏人以前持有的〈大蛇丸〉，整體比較接近鋸子，只有單邊附著鋸齒刃。

但是現在的〈大蛇丸〉卻是雙刃劍，就像西洋劍一樣。

——靈裝本身起了變化。

實在是難以置信。

因為伐刀者本身的固有靈裝，等同於自身靈魂的形體。

甚至可以說是那個人本身的價值觀、審美觀、人格以及生存之道的結晶。

——這個結晶是無法改變，無法動搖的。

沒錯……除非——對方拋去了過去的自己，親手扼殺了至今的自我，以強韌的意志累積了難以想像的無數鍛鍊…………！

——也就是說……他這麼做了。

為了勝過一輝。

為了追上一輝。

「黑鐵……我會先在前面等著你，你一定要給我爬上來。到時候，我們再來一次吧——和那個時候一樣，愉悅至極的死鬥(時間)……！」

唇角自然而然地上揚。

胸口炙熱高昂。

太開心了。

有一個男人為了贏過自己，竟然做到這種地步。

既然如此——

「——啊啊，好啊。放馬過來……我絕對會爬上去的。」

他沒理由拒絕這項挑戰。

「…………哈哈。」

藏人聽見一輝的回答，滿足一笑，轉過身去。
接著推開通往入場閘門的門扉，走出準備室。
逐漸遠去的背影，以及高昂不已的劍氣，早已沒有小混混的蹤影。
一切琢磨精研，轉化為一流的劍客。
一輝確認到這件事，按捺不住全身的顫抖。
「七星劍武祭真是太棒了。」
這裡的每個人，個個深藏不露。
這裡的每個人，個個不容小覷。
這個地方充斥著極限的戰鬥，不容許任何一絲懈怠。
正因為如此，他也必須傾盡全力與之相對。
一輝望著藏人的背影，暗自下了決心。

◆◇◆◇◆

『呃——讓各位久等了！現在就請C區第二輪第一場比賽的選手們進場！』
廣播使得會場內歡呼四起。
聲嘶力竭的喝采如雨般地降下。其中首先出場的是藏人。
『首先從紅色閘門現身的是貪狼學園三年級・倉敷藏人選手！

超越常人的天賦〈神速反射〉，賦予他宛如鐵壁般的防禦力！
能夠自在伸縮，宛如靈蛇般改變劍路的靈裝〈大蛇丸〉，賜予他絕佳的空間支配力！
他手持這對矛與盾，構築了多不勝數的勝利，因此人稱〈劍士殺手〉！
今天他渴望鮮血的狼牙，能否咬碎他的敵人呢！』
眾多觀眾的喝采聲中，藏人踏著強而有力的步伐，穿越戰圈外圍的人工草皮，登上了戰圈。
觀眾席的史黛菈見到他的身影……疑惑地歪了歪頭。
「奇怪？」
「史黛菈同學，怎麼了嗎？」
「……那傢伙……………之前就是二刀流嗎……？」
藏人手中提著一對白骨之劍。
但是史黛菈的記憶當中，他的武器並不是眼前那個樣子。
而加加美也同樣覺得記憶有誤差。
因此兩人一起感到疑惑。不過──
「是不是錯覺呢？我沒聽過有人能改變靈裝的形狀。」
「人家是聽說過……有騎士因為事故喪失記憶，靈裝的形狀也跟著改變。不過一般並不會發生這種事。應該是妳們弄錯了吧？或者他原本就是二刀流，只是沒有使出來罷了。」

有栖院和珠雫並沒有參與綾辻絢瀨的事情，所以兩人這麼否定道。

沒錯，一般來說是不可能發生的。

很難只靠著自身堅韌的意志，硬是改變了靈魂的形體。

但是藏人為了勝過一輝，他辦到了。

不過史黛菈等人並沒有察覺到這點。

「唔——嗯？是嗎？我不覺得他會留這一手啊？」

史黛菈雖然心生疑惑，卻放棄繼續思考下去。

那種情報現在並不重要。

而就在同時，另一名伐刀者現身於戰圈之上。

濃得彷彿用墨汁畫上去的黑眼圈，以及完全沒有梳理，亂糟糟的金髮。

她就是——

『接下來！從藍色閘門現身的是……曉學園一年級・莎拉・布拉德莉莉選手！

啊、她還是老樣子，身上的裝扮真是讓人不知道眼睛該放哪裡！

感覺她稍微激烈地動一下身體，就會暴露出某個地方。

不知道符不符合電視的播放限制啊——!?

對一部分的觀眾來說，絕對不能錯過這場比賽！』

「這主播是在說什麼東西啊？他搞錯該擔心的地方了吧。」

史黛菈聽完這番下流的實況轉播，傻眼地低語道。加加美則是說著：「不、不。」接著開始補充：

「莎拉在網路留言板之類的地方意外的很有人氣喔？她那身煽情到極點的服裝，在情色方面大受歡迎，也有很多人覺得她是個好素材，期待她今後的發展呢。」

「……我突然不太想知道妳到底在說哪個世界的事。」

就在兩人閒話家常的同時，戰圈上的兩人也各就各位。

『那麼，第六十二屆七星劍武祭第二輪，C區第一場比賽！

倉敷藏人選手　對　莎拉·布拉德莉莉選手的比賽正式開始！

LET's GO AHEAD ————!!』

比賽的信號高聲響起。

◆◇◆◇◆

「哈、哈——！」

比賽開始的信號響起，而藏人同時展開行動。

他站在起始線上，從二十公尺外的距離揮動雙劍〈大蛇丸〉——

「〈蛇骨雙刃〉——————！」

劍身在瞬息之間急速延伸，剎那間越過二十公尺的距離。

沒錯，他的靈裝〈大蛇丸〉能夠伸縮自如。

這個直徑一百公尺的戰圈，全都在他的射程範圍之內。

兩把〈大蛇丸〉的劍刃彷彿有了意志，直指莎拉的首級而去。

鋸齒刀身互相交叉，從劍的軌道看來，他打算砍下莎拉的頭部。

但就在此時，莎拉也有所行動。

「〈德米奧格之筆〉。」

她顯現出裝有顏料的調色盤，以及染滿色素的老舊畫筆。

這就是〈染血達文西〉莎拉・布拉德莉莉的固有靈裝。

〈德米奧格之筆〉。

莎拉拿起畫筆，沾取調色盤的顏料——

「〈色彩魔法（Color Of Magic）〉——湖面之水藍（Aqua Blue）。」

朝著腳邊輕輕一灑。

莎拉腳邊的戰圈染上混有淡淡綠意的藍色。

接著下一秒。

——噗通一聲。莎拉的身體應聲沉入水藍色彩之中。

「————!?」

白骨劍刃揮過一秒前莎拉頭部的所在位置。

敵人突然消失在原地，使藏人瞪大了眼。

但也只有一瞬間。

他身後的死角立刻傳來「啪啦！」一聲，聽起來像是某種物體跳出水面。

跳出水面的，自然就是稍早消失在水藍之中的莎拉·布拉德莉莉。

她利用〈色彩魔法〉在戰圈**裡頭**游著，捉住藏人的死角——

「〈色彩魔法〉——烈焰之火紅（Fire Red）。」

莎拉以筆尖沾取緋色顏料，揮動手腕，朝著藏人背後使勁灑去。

明明只是從筆尖灑出的顏料，量卻多到像是潑了整桶油漆似的。藏人就這樣沐浴在色彩之下。不過——

「哈！」

藏人擁有與生俱來的超人反射神經〈神速反射〉，奇襲對他毫無意義。

藏人就算中了陷阱，或是讓人有機可乘，他仍然有充分的時間迴避。

他立刻退開，閃避落下的顏料。

顏料再次潑灑在戰圈上。但是顏料四散的同時，如同岩漿似地噴出火苗，咕嚕咕嚕地溶解了戰圈。

『這、這真是太驚險了……！比賽才剛開始，雙方便你來我往地使出危險的招數！』

『倉敷選手開場就展開速攻，打算砍下布拉德莉莉選手的頭部。布拉德莉莉選手則是回以〈色彩魔術〉，她第一輪就是以這招將對手化為火球。雙方都毫不躊躇，這場比賽的主審這下很難找時機插手呢。』

「加加美。」

史黛菈在觀眾席上看著兩人的攻防，此時忽然開口問向身旁的加加美。

「我在第一輪只看到一輝的比賽，沒想到莎拉竟然能在短短一瞬間就做出這麼多樣的行動。莎拉的能力到底是什麼啊？」

「嗯，從她還在祿存時的資料來看，伐刀者等級是C，伐刀者的能力為『操縱有關於色彩的概念』。以方才的攻防舉例，水藍是水，所以能當場製作出湖泊；而火紅是火焰，所以就能在著色的場所產生熱度。」

這是加加美和祿存學園新聞社交換情報時所得到的資訊。

對方應該不會顧慮背叛自己學園的曉成員，所以這段資訊的正確性應該相當高。

「還真是多采多姿呢。」

「是啊，只要有多少顏色，她就有多少能力。」

而她以千變萬化的能力聞名祿存學園，校內是這麼稱呼她的。

——〈萬花筒(Kaleidoscope)〉。」

◆◇◆◇◆

「麻煩死了……本來想用剛剛那招結束比賽……」

莎拉布滿濃密黑眼圈的雙眸，恨恨地望著熊熊燃燒的戰圈，這麼低語道。

她全身散發出反感，那似乎是一種倦怠。

這也難怪。

她的腦中，現在已經滿滿都是那位千載難逢的理想主體。

她想更加接近他、觀察他。想親手觸碰他、舔舐他，將他拆吃入腹，徹底瞭解他的一切。

她的心中已經充滿了對他的興趣。

甚至到了廢寢忘食的地步。

她的藝術家性格，使這份強大的執著遠遠超越了理智。

她自己根本無法控制。

莎拉早就厭倦了這種比賽。

「……不要亂跑啦……」

莎拉想盡早結束比賽，於是她再次將烈焰之火紅灑向逃跑的藏人。但是——

『莎、莎拉選手的攻擊還真是粗糙啊！剛才她就算從死角偷襲，倉敷選手依舊閃開了〈色彩魔法〉，結果這次她卻從正面灑下了〈色彩魔法〉！這樣應該打不中啊……!?』

正如主播所言。

這樣隨便的攻擊，就算只是沒有〈神速反射〉的普通人，也能輕易閃過。

當然更不可能擊中藏人。他悠然地打算迴避——

「哈哈——！老子可不能答應——唔!?」

他正想跳向一旁的時候，身體突然歪向一旁。

『哎呀，怎麼回事啊——!?倉敷選手原本打算迴避，卻突然停下動作!?』

這是為什麼？他是因為何種理由放棄迴避？

非也。他並不是放棄，而是被阻止了。負責解說的牟呂渡立刻發現個中奧祕。

『飯田先生！請看看〈劍士殺手〉的腳邊！』

仔細一看，藏人的腳邊有一條筆直延伸至莎拉身旁的白線。

「〈色彩魔法〉——導引之純白（Silk White）。」

這是引導人們的色彩概念。

踏足之上的事物，將會**無法越過色彩的道路**。

而稍早潑灑出來的烈焰之色，足以填滿整條道路。

因此，藏人無法迴避。

不過——

「老子只要正面穿過去就夠啦————！」

藏人毫不畏懼。

他以自傲的反射神經與高超的運動能力，立刻拉回傾斜的身軀，接著竟然沿著腳邊的道路筆直前進！

赤紅顏料即將落下。而他面對將會延燒至身上的赤紅顏料——

「〈蛇咬〉——！」

揮動了雙劍。

那是曾經將一輝逼進絕境的，藏人的我流劍術。

那是**單以右手，左右同時施放斬擊**，仰賴〈神速反射〉的天賦，才得以成形的瞬間連斬。

藏人現在則是**以雙手施放**。

總計瞬間四連斬。

藏人將即將落下的顏料薄膜徹底斬碎，使之化為飛沫。

藏人捕捉到每一滴飛沫，一邊前進，一邊一滴不漏地閃躲過全部的飛沫，輕易突破眼前的攻擊。

「…………！」

莎拉自然是沒預料到，對方竟然能一邊前進一邊閃避。

吃驚的莎拉動作一滯。

藏人當然不會錯過這絲破綻。

他奔馳在白線之道上，同時借勢揮動雙劍，全力斬向莎拉。
他強勁的威力與臂力，將莎拉的身體連根拔起，飛舞在空中。
接著大約飛了十公尺後，滾落在地。

◆◇◆◇◆

『倉敷選手的〈大蛇丸〉終於咬住了莎拉選手！由〈劍士殺手〉倉敷藏人選手開場得點——！莎拉選手受到強烈撞擊，彷彿被車撞過似的，就此昏迷！這會成為致命傷嗎……………！』

「——不，請看，她站起身了。」

就如同牟呂渡所言，莎拉若無其事地站起身。
仔細一看，她的身上沒有一絲擦傷，連血都沒有流一滴。
究竟是為什麼？
原因在於她的左臂上。
莎拉的左臂——疑似受到藏人斬擊的地方附著了顏料。
〈色彩魔法〉——鋼之青銅（Gunmetal）。
莎拉將自己的手臂化為鋼鐵，促使斬擊無效。
藏人收起劍刃，發現那股人類不可能有的觸感竟然是來自於此，不免咂舌。

「嘖！稀奇古怪的招數接二連三跑出來。」
她的招數如此多采多姿，一時半刻難以攻破。
不過——目前是藏人占上風。
這個事實成為藏人的自信，而自信更驅動著他。
——行得通。
「我就這樣壓制妳，直到最後一刻！」
『〈劍士殺手〉一見到敵人毫髮無傷，又立刻出手！』
『好判斷。方才被擋下一擊的確有些可惜，不過不需要太過在意。一擊不成，就攻擊到最後一刻！』
藏人展現出纏人的攻勢。
另一方面，略顯下風的莎拉・布拉德莉莉——
只見她垂著頭，完全不管即將追擊而來的藏人——
「…………死了……」
她口中念念有詞。
而她的語氣——彷彿亡靈般乾裂的脣中，吐出絲絲恨語——
「——!?」
「……煩死了……………！我還有很多想畫的事物，短短七十年左右的人生，根本畫都畫不完，可是你從剛剛開始就一直阻擾我。你太礙事了……我就算早一分、早一秒也好，想趕快畫他……想趕快觀察他…………我根本對你一點興趣也沒有……」

下一瞬間──莎拉低垂的臉孔突然猛地抬起來。

「不要浪費我的時間啊啊啊啊啊啊！」

滿是血絲的雙眸充斥著憎惡與煩躁，她的眼神射穿了藏人，奇快無比地揮動握著〈德米奧格之筆〉的右手，在空無一物的空中畫出圖畫。

那是一張像是孩童用蠟筆亂塗亂抹一通的圖畫。

但是──會場內的所有人立刻了解那是什麼東西。

因為空中的圖畫下一秒變得立體，從圖畫之中來到現實世界。莎拉用左手握住了它。

她握住──不、她架起的那個物體是──

「〈幻想諷畫(Purple Caricature)〉──湯普森(Thompson)。」

那是世界聞名的彈鼓衝鋒槍。

『什、什麼──────!?是、是槍！莎拉選手在空無一物的空中畫出槍，將畫實體化了！這、這個伐刀絕技究竟是!?雖然我知道她能操縱顏色的概念，但是資料上並沒有記載〈萬花筒〉莎拉．布拉德莉莉能夠使用這樣的招數！這是初次展現的隱藏招數！』

『喂喂，她還能辦到這種事啊!?』

『她的能力不只是顏色嗎!?』

包含祿存時代在內，〈染血達文西〉莎拉．布拉德莉莉這是第一次在眾目睽睽之下展現出這個伐刀絕技——〈幻想諷畫〉。觀眾們紛紛驚呼出聲。

但是最驚訝的人是藏人。

而莎拉將湯普森瞄準藏人，扣下扳機。

於是，〈幻想諷畫〉的湯普森和真品完全一樣，槍口爆發出眩目的閃光，同時響起火藥猛烈的爆炸聲。

「唔！」

這把槍的全自動射擊，以每分鐘高達八百發的發射速度聞名。

堂堂〈劍士殺手〉也不得不停下腳步，捨棄攻擊，採取完全防禦陣勢。

但是——由於攻勢中斷，使得雙方距離過近！

『坐在主播席都聽得見那劇烈的槍響！莎拉選手無情地從極近距離持續射擊！倉敷選手陷入危機——不、不對!?』

主播的聲音忽然飆破音。原因在於——

「喔喔喔喔喔喔喔喔喔喔喔喔喔喔喔喔喔喔喔喔喔──!!!!」

『太、太厲害了！倉敷選手全部承受住了！他揮動白骨雙劍，將這陣毫不間斷的彈雨一一斬飛，火花四散啊────！』

是的。藏人面對湯普森極近距離而來的全自動射擊，竟然將雙劍〈大蛇丸〉的刀伸縮到匕首長度，利用〈大蛇丸〉的旋轉力，將子彈全數承受下來。

負責解說的牟呂渡見狀，也不免目瞪口呆。

『真是太厲害了。唯有身負〈神速反射〉的他，才有辦法做到如此絕技。』

藏人以狂嗥般的氣魄撐過莎拉的猛攻。此時，良機來訪。

突然間，隨著滑稽的「喀嚓」一響，莎拉的猛攻頓時中斷。

藏人根本不需要確認猛攻中斷的理由。

(──她沒子彈了！)

機會難得，藏人立刻轉守為攻。

「延伸吧！〈蛇骨刃〉────！」

劍身縮小至極限的〈大蛇丸〉猛然延伸出來，直指莎拉的心臟。

莎拉的運動能力並沒有藏人那麼好。

〈大蛇丸〉延伸的速度比剛才彈飛子彈的時候還快，以她的運動能力完全無法迴避。不過──

〈大蛇丸〉的劍尖即將刺穿莎拉心臟的瞬間，〈大蛇丸〉突然劍身一軟，改變了劍路。

接著直接刺向她腳邊的地板。

「嗄啊!?」

藏人此時陷入混亂。

自己確實是讓〈大蛇丸〉筆直延伸。

他操控的方向並沒有這麼奇怪。但是為什麼劍路改變了……!?

藏人立刻理解了答案。

仔細一看，〈大蛇丸〉刺著的地板上，畫有圓形的標的。

(原來如此，是被『標的』吸引過去了啊……!)

「標的」本身具有「獵物」的概念，它強制改變了〈大蛇丸〉的目標。

而『槍』也一樣，擁有『射擊道具』的概念。

這就代表著——

(肯定沒錯!這個女的不只能操縱色彩的概念，更能操縱圖畫本身的概念……!)

抹消現實的幻想。

其創作如同神明的創造物。

德米奧格——偽神之筆。多麼**合適**的名字。

然而，藏人的驚訝還不止於此。

因為——

「〈幻想諷畫〉——」

現在這個瞬間描繪出來的下一個幻想，正瞄準著他。

莎拉・布拉德莉莉身旁浮現著白色細長的棒狀物體。那個物體正是——

「——戰斧（Tomahawk）。」

飛彈。

當然，只靠兩把劍不可能對付得了這種東西。

閃光、爆炸聲以及灼熱，噴散至大阪的高空之中。

◆◇◆◇◆

爆炸的瞬間，會場四處傳來哀號慘叫，恍若人間地獄。

「巡、巡弋飛彈直接命中——！爆炸掀起相當大的風暴！觀眾席有各位魔法騎士守護，不過戰圈上充滿火焰與黑煙，什麼都看不見……！倉敷選手沒事吧……」

『他應該早就死了吧！』

『就算他真的死了，可能也連屍體都不剩了啊！』

這是當然的。戰斧是用來破壞戰艦或地面設施的巡弋飛彈。

它的強大火力可不是用來擊敗區區一名人類。

這種東西直接命中之後，恐怕連一片肉片都不剩。

但是——

『『『咦？』』』

會場的空調緩緩吹散了黑煙，隱約看得清戰圈的樣貌。此時觀眾以及主播全都倒抽一口氣。

戰圈上果然沒有藏人的身影。

這也難怪，所有人都料想得到這個狀況。

不過取而代之的「那個」，是什麼？

藏人原本站立的地方，出現疑似白繭的物體……

正當所有人滿心疑問——下個瞬間，疑問的答案正式揭曉。

突然出現在場上的繭緩緩解開。

疑似白色緞帶層層交疊的物體，一圈又一圈地解開。

仔細一看，組成那顆繭的緞帶是……劍刃。

那是白皙無光，彷彿白骨般的白色劍刃。

於是繭中走出來的人，毫髮無傷。那個人正是——〈劍士殺手〉倉敷藏人。

『什、什、什麼！巡弋飛彈明明直接命中倉敷選手，他卻完全毫髮無傷……！這到底是怎麼回事!?』

『看來他是用伸縮自如的靈裝〈大蛇丸〉包覆起身體，這才撐過了爆炸。靈裝這樣的物體除非是遇上非比尋常的力量，否則絕對不會折斷的，相當適合當作盾牌使用呢。』

是的。一切就如同牟呂渡所言。

藏人一發現劍對上飛彈無計可施，便將〈大蛇丸〉延伸到極限，以劍身當作**建材**製作了即興的防空洞。

不過，這也是因為藏人擁有〈神速反射〉，才辦得到這種特技。

方才的時機未免太驚險了。

「……真是亂搞一通。」

藏人瞪著應該位於黑煙前方的莎拉。

莎拉不但打算毫不留情地奪走藏人的性命，下手更是不知輕重。竟然用如此誇張的火力來殺一個人類——

正當藏人這麼怒罵的時候。

風橫向掃去眼前的黑煙，他看見了。

上百名的骸骨軍團，以及瞄準自己的眾多軍用機槍槍口。

「〈幻想諷畫〉——死靈大軍（Necro Battalion）。」

「這傢伙……真的太亂來了！」

下一秒，百門砲火發射出來的鉛彈風暴，其速度與密度，方才的機關槍完全不能相比。

而所有彈頭命中了藏人的身體，將他打成蜂窩。

◆◇◆◇◆

「什…………！」

槍口整齊劃一，同時發射的鉛彈風暴瞬間吞噬了藏人。一輝從準備室的螢幕見到這個畫面，衝擊過大，在站起身的同時翻倒了鐵椅。

是因為他見到藏人悽慘的最後一刻嗎？

——並非如此。

「該、該不會…………」

顫抖的雙脣吐露出來的，是驚訝。

子彈確實直接命中了。

一般來說，人類面對如此密集的彈幕，肉體不只是化成蜂窩，根本會直接變成絞肉。

但是眼前的狀況並非如此——藏人若無其事地立於鉛彈風暴當中。
『什、什麼、這是什麼啊!?我們現在難不成在作白日夢嗎……!
本來死靈大軍發射的彈幕應該吞噬了藏人選手…………!
但是，他還站著！不、他不只是站著……他正在走路！
他身處於前方直衝而來的鉛彈驟雨之中，悠然地向前進。
並且漸漸靠近莎拉・布拉德莉莉選手——————！』
「…………!?」
莎拉見到這副光景，臉上露出明顯的動搖。
無法理解。
極度密集的鉛之彈幕，甚至毫無迴避的隙縫。
就算藏人能夠以雙劍彈開湯普森的全自動射擊，他也沒辦法應付數以萬計的子彈。
不、藏人現在甚至沒有揮劍。
他只是以雙手提著〈大蛇丸〉。
也就是說，他毫無防備地承受了上百支機關槍的射擊。
他為什麼還站得住？為什麼還能繼續前進？
其中的理由——
「————」

只有準備室內的黑鐵一輝能夠明白。

表面上看來，藏人的確沒有進行任何迴避。

他毫無防備地暴露於槍林彈雨之中。

但即使如此，子彈依舊沒有削起肉體。原因是——子彈滑開了。

所有的子彈接觸到藏人身體的瞬間，便從衣服上滑開，沒有傷到藏人就直接流向後方。

非也——子彈是被迫流向後方。

（……我是無意間察覺倉敷學了劍術。有人發現二刀流才是他最適合的能力，並且指點他劍術。更何況，他剛才離去之際展現出來的銳利氣魄，不同於以往的他……那是經過鑽研琢磨，劍客特有的劍氣。可是我沒想到、實在沒想到……倉敷身後的人，竟然是您啊……！）

一輝知道這個技術。感知一切萬象的流向，以肉眼無法辨識的細微動作卸除一切攻擊的力道。這是某位劍術天才耗盡半生終於抵達的境界，極致的受流——

綾辻一刀流奧義——〈天衣無縫〉

（……話說回來，綾辻學姊好像有說過，她本來打算在暑假期間陪伴父親作復健，卻被趕了回去。）

原來如此，難怪要趕她回去。

絢瀨要是知道父親收了這麼一個徒弟，肯定會馬上展開家族審判，而且判決是唯一死刑。

竟然收一個曾經把自己打個半死的男人當徒弟，〈最後武士（Last Samurai）〉到底在想什麼？

一輝不清楚海斗的想法。不過話又說回來——

「太、厲害了……」

一輝見到藏人的力量，不自覺出聲感嘆。

他實在模仿不來。

一輝的〈天衣無縫〉不可能卸除如此數量龐大的子彈。事實上，他之前在集訓場中對上〈小丑〉操縱的岩石人偶時，複數岩石人偶一起進攻一輝，而他無法順利卸除力量，反遭如雨般的痛擊。

但是藏人承受了那數百倍的攻擊，一絲不漏地全數卸除了力道。

那是他身懷〈神速反射〉，才能辦到如此壯舉。

〈天衣無縫〉和〈神速反射〉異常地契合。

尋常攻擊恐怕已經傷不了藏人一根寒毛。

「可惡……飛彈之後是軍隊啊。接二連三的，妳是哆啦○夢啊？害我不得不提前使出這一招。我本來在和那混蛋比賽之前都不打算動用咧。」

藏人悠然地漫步在彈雨之中，恨恨地低語道。

藏人接受的特訓有如地獄，讓他以為海斗是為了報復藏人讓自己昏迷不醒，打算以特訓為藉口殺了藏人。他嘔心瀝血，拚死拚活地克服了那些特訓，才習得這招奧義。

他本來想在一輝的戰鬥中使用，狠狠嚇一輝一跳的——藏人是這麼想的。

莎拉的軍隊面對這樣的藏人，則是更加提升彈幕的密度。

但是——所有子彈仍舊流向後方，甚至連藏人的皮膚都沒有劃傷。

「沒用、沒用、沒用啦。這種筆直飛來的鉛彈，就算多來幾百顆，我也能毫不費力地滑開它……！這種東西無法阻止我前進啦！」

「……！」

若要給與身負〈天衣無縫〉的劍士致命一擊，必須是劍身劍路整齊劃一，毫不偏移的一流斬擊。但是莎拉是畫家，她當然不會使用劍術，因此她無法阻止藏人前進！

「喂，妳這混蛋剛剛倒是說了有趣的話啊。說什麼對我沒興趣，我很礙事之類的。

真巧啊……我也是。

我只對妳之後的那個男人有興趣。

我根本沒把妳放在眼裡。所以——

——妳快點給我滾開啊啊啊啊啊啊啊啊啊——!!」

藏人伴隨著咆哮，上前進攻。

他身體前傾，瞄準骸骨軍隊後頭的莎拉，開始衝刺。

死靈大軍自然會上前阻擋他，手持槍劍上前壓制。不過——

「我叫你們不要擋路啊啊啊啊啊啊啊啊啊——!!!!」

藏人伸長〈大蛇丸〉的劍身，一擊斬去所有骸骨。

橫向一線。所有骸骨同時一刀兩斷，宛如碎紙一般飛散在空中。

戰圈上的敵人，只剩莎拉一人——

「這樣就、結束啦啊啊啊——!!」

藏人反手揮劍，同時更加伸長劍刃，瞄準最後一名敵人的首級。

莎拉對此，並非呆站在原地。

她再次揮動〈德米奧格之筆〉描繪某物，手臂快得像是在發光。

但是，這都無所謂。她現在不管是拿出坦克、戰鬥機，還是巨大機器人——都

不是藏人的對手。

不管她畫出什麼，藏人都會將其**連同莎拉一起斬碎**！

藏人抱持這樣的氣魄，以渾身力氣揮舞〈大蛇丸〉。但是——

鏗鏘一聲！白骨劍刃伴隨著重重的金屬敲擊聲，被彈至空中。

「……什、麼？」

這個瞬間，藏人的神情因為驚愕，凍結當場。

是因為全力一擊被擋下了——並不是。

這種事根本家常便飯。

更別說她的對手還是實力深不見底的〈萬花筒〉莎拉・布拉德莉莉。

這種程度的挫折，還不會讓藏人措手不及地傻在當場。

使他驚訝過度，甚至忘了呼吸的對象——

彈開藏人全力一擊的人——**是那名手持漆黑刀刃的黑髮少年**。

「〈幻想諷畫〉——無冕劍王。」

莎拉說道。

「既然你那麼想和他打——我就讓你盡情打個夠。」

下一秒，彈開〈大蛇丸〉的〈無冕劍王〉沉下腰——

（糟了——）

「〈一刀修羅〉。」

他纏繞著蒼藍光芒，以足以劃破空氣的速度縮減距離，同時揮出一斬，刀路快得肉眼無法捕捉。這一斬深深撕裂藏人的胸口。

「唔、啊啊、啊啊啊啊啊啊啊啊啊——!!」

這道斬擊斜斜撕裂了裸露在外的骷髏刺青。

出其不意的一刀使得藏人血沫橫飛，腳步不穩。

但是比起斬擊的損傷，驚訝造成的打擊更大。

藏人瞪大雙眼，啞口無言地看著眼前難以置信的現實。

而並非只有他驚訝於眼前的光景。

『那、那是什麼啊啊啊!?原本待在準備室裡的黑鐵選手突然出現在戰圈上，攻擊了倉敷選手啊——!』

『怎、怎麼可能！〈幻想諷畫〉竟然能重現其他伐刀者嗎……!?』

她不但能重現其他伐刀者，更能連同伐刀絕技一起重現。不論是主播、解說員，還是觀眾，莎拉這難以置信的絕招，嚇得在場每個人僵在原地。

〈幻想諷畫〉描繪出來的〈無冕劍王〉當然不會錯過這個大好機會。

他立刻接二連三地使出斬擊。那每一刀，都帶著一輝本人特有的鋒利。

藏人面對這激烈的猛攻，毫無反擊的餘地——

『倉敷選手只能屈居守勢！無法還手！他會就這樣慘遭壓制嗎……!』

『戰況對倉敷選手來說，可說是相當不利。〈神速反射〉的強項，是在於人體超越常人的反應速度，以及跟得上反應的行動速度。他藉由這兩項神速，不論遭遇何種局面，**即使出招過慢也能搶先出手**。本來他應該是能和身負〈一刀修羅〉的〈無冕劍王〉互相抗衡，並且撐過一分鐘的防守戰。

——但是〈比翼之劍〉實在太強了。即便他的反應速度高於〈無冕冠王〉，〈神速反射〉卻完全跟不上〈比翼之劍〉的瞬間最大加速……這樣下去的話……』

〈無冕劍王〉會突破他的防守。此時，戰場上的狀況比牟呂渡的話語更早有了動靜。

〈無冕劍王〉的刀刃有如漆黑閃光一般，終於突破了藏人的雙劍防守，斬擊開始削去肉體。

「～～～～～～～～～～——!!」

戰圈的中央，鮮血四散。

〈無冕劍王〉使用〈一刀修羅〉後，只經過二十秒左右。

再這樣下去，藏人會撐不住。

「混蛋………!」

這個現實逼得藏人咬緊牙根。

（我又要輸了嗎……!）

即使他嘔心瀝血地克服了特訓。

甚至懷抱著足以改變靈魂的決心，拚命努力。

（我——還是贏不了這傢伙嗎………!）

悔恨幾乎折損了心靈。

〈無冕劍王〉的每一刀，不只是劃開骨肉，更是壓迫心靈。

此時一個男人的聲音，忽然掠過藏人腦中。

那是——

『你為什麼會為了與黑鐵再戰，做到這種地步？』

那個時候，藏人在綾辻道場等待海斗出現。他見到海斗來了，便下跪懇求海斗收他為弟子。當時海斗曾經這麼問道。

海斗知道，眼前的男人不會輕易向人低頭。

於是他問了藏人，為什麼他會做到這種地步。

藏人是這麼回答的。

『……和你一樣啊。』

他望向海斗手中的東西。

『好不容易才出院沒多久，還被宣告命不久矣。你卻**拿著真劍這種危險玩意**，大半夜地跑來道場——說得直接點，你沒打算就這樣輸給我吧？』

『——是啊。』

『我也一樣，我不能就這樣輸給他。

我現在滿肚子火，無法平息……！

——我怎麼能讓他贏了就跑，我絕對吞不下這口氣啊——!!』

「…………」

沒錯。

就是這麼回事。

一直輸給對方，實在很不爽快。

所以他想贏。

他是為了勝過一輝，他只為了這件事，才一路走到這裡。

那麼——

「……少、開玩笑了…………」

他不能輸在這裡。

他不能輸給**這種單薄的假貨**……！

那個耿直的男人，始終筆直前進，一秒都不等人。

他會不斷向前邁進。

他總是以難以置信的速度，漸漸遠去。

即使如此，藏人不想跟丟他。

他出生以來第一次如此憧憬一個人的背影，他想成為那樣的人，想像他一樣——

「我怎麼能輸給假貨（你）啊————！」

他宛如咳血般地大吼著，同時施放〈蛇咬〉，左右同時瞬間進攻。

但即便藏人想進行反擊，他的身體早已失血過多——

電光一斬！

藏人的反擊全部遭刀彈開，反而被他深深斬裂身軀。

血沫噴發而出，這一擊明顯成了致命傷。

膝蓋一軟，腰間墜落。

於是終於連身軀也沉沒於戰圈——就在這個剎那——

「藏人——!!不要放棄啊啊啊啊啊——!!」

「——!?」

一道聲嘶力竭的加油聲敲響了藏人的耳朵。

這個男人的聲音非常耳熟，藏人想忘也忘不掉。

他微微一瞥，那個男人果然在。

紅色閘門的下方，真正的黑鐵一輝從準備室飛奔而來。

是的，他確實是飛奔而來的。

為了即將潰敗的藏人，希望能成為支撐他的些微力量。

而他的聲援確實傳達給藏人——

噗滋一聲。

他的眼角彷彿跳起了什麼，心中**點燃了激烈的憎惡之火**。

——為什麼？

為什麼你會在這裡？

為什麼你要為我加油？

而且還一臉緊張兮兮的表情。

為什麼——

——難道**我有這麼沒用**嗎！

「少小看我了——‼黑鐵——‼」

猛烈的憤怒，使得藏人視野一片火紅。

運送全身氧氣的血液，以前所未有的速度循環全身，為即將潰敗的肉體灌注了無比的活力。雙腳的力道回復原狀，支撐起藏人的身體。

這個瞬間，藏人對一輝直衝雲霄般的怒火，使得他的精神凌駕了肉體。

超越極限的奇蹟一瞬間。

這是短短一呼吸就會覺醒，宛如泡沫之夢般的，無雙的頃刻。

但是這對藏人來說，很足夠了。

藏人在這剎那之間，對〈無冕劍王〉使盡了渾身解數——

「哈啊啊啊啊啊啊啊啊啊啊啊啊啊啊啊啊啊啊啊啊——‼」

以神速的體能達成瞬間八連斬，我流劍術的最高點。

我流劍術〈八岐大蛇〉。

藏人以**雙劍**同時施放。

也就是，總計瞬間十六連斬。

而且他的劍已經和以前完全不同，是經過海斗鍛鍊後，刀線刀路整齊劃一的斬擊。

與生俱有〈神速反射〉的天賦，為了戰鬥而生的天才，現在終於抵達了極限。

他不可能再像以前一樣，以〈天衣無縫〉卸除劍的力道；而就算擁有世界最強的劍術，也不可能抵擋同時飛來的十六道斬擊——

〈無冕劍王〉的身軀，名副其實地碎成細絲。

於是失去人形的幻想化為碎片，隨風消逝——

緊接著，兩把漆黑刀刃貫穿了藏人的身體。

「——……………」

藏人乾澀的雙眼瞪得老大。

眼前貫穿自己的是——**兩名纏繞蒼藍光芒的〈無冕劍王〉**。

『我就讓你盡情打個夠。』

藏人現在才明白，莎拉稍早的話語是什麼意思。

那並不是挑釁，也不是諷刺。

而是字面上的意思。

莎拉・布拉德莉莉能夠做到。

她能繼續畫出數人、數十人的〈無冕劍王〉，直到藏人潰敗為止。

「啊……………」

藏人口中的血塊掉落在地。

喀啷一聲。白骨雙劍從失去握力的雙手滑落。

——戰鬥始終是無情的。

不論胸懷多麼強韌的心願，戰圈上的勝者始終只有一人。

誰也不會回顧落敗之人的期望——

「可……………惡、啊………………」

現在，有一名男人夢想著追上另一個男人，並且超越他。而這個男人的夢想在此迎接了終結。

◆◇◆◇◆

『倉敷選手倒落在地了，同時主審也中止比賽了！比賽結束——！勝者是，莎拉・布拉德莉莉選手！』

主播大聲誦出勝者的名號。

但是，平時的觀眾席上總是會滿覆著祝福與興奮，此時卻只聽見略帶疑惑的吵雜聲。

一切都是因為莎拉・布拉德莉莉過於壓倒性的強大實力。

『明明戰鬥已經決出勝負，會場中卻異常寧靜。眾人只是滿懷著驚愕，屏息注視著戰圈中的勝者！但是這也難免……莎拉選手的這份強悍……實在不止於C級啊！』

『她隱藏實力呢。』

『牟呂渡教練……您果然也是這麼認為嗎？』

『是啊，偶爾會發生這種情況。擁有壓倒性實力的伐刀者不希望讓對手起戒心，進而研究如何應對自己，會刻意將力量壓抑在當選七星劍武祭代表的邊緣，隱藏能力。』

是的，這是偶爾會發生的狀況。

越是接近一流的騎士越會隱藏自己的手牌。〈七星劍王〉諸星雄大隱藏〈虎噬（Tiger Bite）〉能夠破壞靈裝的能力，也算是其中一種案例。不過——

『……即使如此，她的強悍……仍舊相當異常。』

牟呂渡低語的嗓音微微顫抖著。

牟呂渡曾經身處於KOK・A級聯盟之中，所以他很瞭解。

莎拉的能力究竟異常到何種程度。

『不只是顏色，她甚至能操縱繪畫的概念，將之實體化。光是這樣，她就已經十分強悍了。

但是布拉德莉莉選手卻還具備了重現伐刀者，甚至連同其伐刀絕技一起重現的能力。

也就是說，只要她有那個意思，她能使用所有伐刀者的能力……』

——說得直接點，就是**她毫無死角**。找不到擊敗她的方法。

『而且她重現了多樣的兵器、軍隊，甚至是伐刀者之後，卻依舊不見她耗盡魔力。

……必須盡快更正莎拉・布拉德莉莉選手的等級。

她無疑是一名實力相當於A級的伐刀者，足以和〈紅蓮皇女〉或〈烈風劍帝〉匹敵！』

「…………」

場內依舊身處於困惑的沉默當中。

藏人精疲力盡，失去意識，被人以擔架運送，經過了一輝身旁。

——〈劍士殺手〉很強。

他的實力，已經遠遠超越以前和自己戰鬥的那個時候。

他的才能，讓他在短期間內獲得二刀流以及〈天衣無縫〉。

以及他在這場戰鬥中展現出來的，絕佳的戰鬥直覺。

……但是這樣的他，即使賭上一切，仍舊贏不了。

不，不只是贏不了。

——這場戰鬥直到最後，莎拉始終沒有受過一絲擦傷。

「〈染血達文西〉莎拉・布拉德莉莉……」

一輝望著莎拉逐漸離去的背影，不禁屏息。

原來如此，他明白為何〈魔獸使〉以前曾經要他不要小看莎拉。

她的實力在這場大賽中，絕對稱得上數一數二。

（我必須在連戰中，對上這樣的怪物嗎……）

這個事實，令一輝的肩膀感受到無比的重量。

破軍學園壁報

角色介紹精選　　文編・日下部加加美

REISEN HIRAGA

平賀玲泉

■PROFILE

隸屬：國立曉學園三年級

伐刀者等級：B

伐刀絕技：機械降神

稱號：小丑

人物簡介：遠距操作的提線人偶

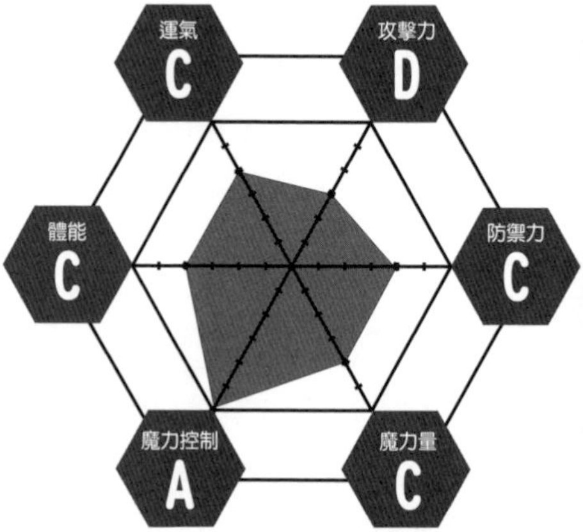

加加美鑑定！

總是全身小丑裝束的變態——不，是怪人。

不過他好像根本不是人。他的真實身分只是解放軍的〈人偶師〉以靈裝〈地獄蜘蛛絲〉操縱的提線人偶。難怪他就算吃了東堂學生會長的雷擊，也是若無其事。不過……〈人偶師〉即使隔著人偶也這麼強大，或許是個相當不妙的敵人呢。

間章 轉暗

「真是不妙啊。本來以為曉學園被史黛菈揍得滿頭包，會稍微安分一點……沒想到還留了這麼一個誇張的傢伙。」

諸星雄大在藍色閘門的準備室中，看完藏人的整場比賽，訝異地喃喃自語。

諸星實際和〈無冕劍王〉對決過，所以他很清楚。

那個假貨，是真品。

不論是俐落的技巧、敏銳的頭腦，以及觀察局面的洞察力，每一項都和真人完全相同。

諸星看著擊敗自己的騎士，一個接著一個跑出一模一樣的複製品，簡直像在做惡夢。

「就算贏過黑鐵，第三輪還得對上這種傢伙，你真衰啊。」

諸星哈哈大笑，同時拍著白夜的肩膀。白夜則是坐在鐵椅上，神情險峻。

白夜向大笑的諸星抱怨道：

「雄……你到底是來激勵我，還是來幫我增加壓力？」

「我是來嘲笑你的。」

「給我回去。」

「算了吧，你也不需要什麼激勵啊。」

諸星在一旁說著風涼話。

不過兩人也認識了很長一段時間。

諸星嘴巴上不老實，實際上還是很在意自己的狀況，才會來這一趟。白夜心知肚明，所以也不會真的心生不滿。

「不過小白還是老樣子，怪裡怪氣的。每次都把對戰對手的比賽放在一旁，也不暖身（Warm-up），直瞪著將棋棋盤。」

諸星探頭偷看白夜放在桌上的將棋棋盤。

「這是我獨有的暖身方式。」

「格鬥技和智力競賽八竿子打不著吧？」

白夜則是有些好笑地微微彎起唇角。

諸星是靠著野生的直覺與強悍，靈機應變地構築戰術。這的確是他會有的感想。

「對我來說，決鬥不是格鬥技，而是智力競賽。

我的戰鬥必須先從得知對手的技術（棋子），並且瞭解行為原理開始。

接著重組對手生存的概念，提前讀出對手的下一手、下二手棋。

——但這都只是基本中的基本。對手的身體構造、包括性格在內，至今在比試中的思考流向、每個技術在每個場景的傾向、連續技的組合、包含視線動向等等的詳細預備動作、對手的呼吸等等，分析所有資訊，細查剩餘的情報，細查再細查，直到極限為止——這樣就能在戰鬥開始前，搶先預知結果。」

「哦？所以小白在那個瞬間，就已經看到『王手』囉？」

白夜聞言，並沒有回視諸星，脣角只是淡淡浮起微笑。

「第二十三手棋……〈無冕劍王〉以〈蜃氣狼〉向右逃去之時，這場比賽便會以我的勝利畫下句點，毫無疑問。」

「……最好不要以為那個男人會如自己所想地行動。雖然他的能力雖然貧乏，技巧卻是千變萬化，他可能還藏著什麼也說不定。」

白夜聽見這句忠告，這才察覺。

諸星是為了這句忠告而來。

他雖然說得滿不在乎，但還是以同學的身分支持白夜。

白夜心懷感激地收下好友的心意，另一方面——

「——的確，就像雄說的一樣，只從能力方面看來，他似乎成不了威脅，但實際上卻是技巧多變的魔術師。很難完全把握他的一舉一動，但是，**只有下一場比賽不一樣**。」

他卻直接否定了諸星的疑慮。

他的語氣蘊含著十足的肯定。

「什麼意思啊？」

「唯有下一場比賽，他的行動會非常容易預測。畢竟〈無冕劍王〉——**有個無法抹滅的致命弱點**。」

無法抹滅的致命弱點。

諸星聽見白夜的暗示，立刻察覺他的言下之意。

「……你說的是那傢伙的能力限制嗎？」

「沒錯，就是這個。他的能力是藉由超人般的集中力，在短時間內耗盡自身全力的技術。然而，他既然能集中到這個地步，就不可能中途鬆懈，再加上他若要再次使用，必須經過一整天的休眠時間，相當不便……也就是說，二連戰的第一場比賽，他沒辦法輕易動用能力。」

「還不能肯定吧。兩場比賽中，有一場可以使用。搞不好就會用在你的比賽啊？」

白夜則是搖了搖頭。

「不，我能確切地否定這點。莎拉・布拉德莉莉能夠製作出大量使用〈一刀修羅〉的他，他在莎拉的比賽上應該會避免無法使用能力的狀態。再說……他有苦衷，這使他非得立於七星頂點不可。」

「苦衷……？」

「只要他沒有成為〈七星劍王〉，就沒辦法取得畢業證書，也就是〈魔法騎士〉的執照。」

「你說什麼!?」

白夜的話語使諸星臉上染滿訝異。

「為什麼會變成這樣!?」

「似乎是他的老家牽涉在內。他們不希望自己的家門出了一位F級的廢物，所以必須取得背書堵上他們的嘴。」

「……真的假的。」

諸星身為他校的學生，不會知道一輝背負的條件。

不過白夜徹底調查過一輝，挖出了他背負的事物，以及複雜的家庭環境、被迫承受的不合理條約等等。

於是，他更能因此肯定。

一輝在接下來和自己的比賽當中，不會使用〈一刀修羅〉。

「的確，他如果想更**活躍**於全國的強者面前，或許會在我的比賽使出王牌。但是，他始終瞄準著頂點，他迫於無奈，不得不這麼做。既然如此……面對能夠**重現自己的敵人**，他絕對不能喪失王牌。一切都是為了贏到最後。」

就在這個瞬間，響起了呼叫一輝與白夜的廣播。

白夜對諸星留下一句「那麼，我去比賽了。」，接著回應廣播，立刻走出準備室。

他穿越陰暗的通道，登上觀眾注目的戰圈。

會場為白夜的身影送上歡呼。

但是這些歡呼聲並未傳達到白夜耳中。

他現在高度專注，完全聽不見觀眾的聲音。

大腦認為這些不必要的情報不值得認知，立刻彈出腦外。

因此現在的他不只是觀眾的聲音，甚至連外界的景色都沒有進到眼中。

現在展現在他眼前的，是一片純白寂靜的世界。

其中跳動著脈搏的，只有黑鐵一輝一個人。

白夜微微瞇起眼鏡背後的雙眸，觀察著敵人。

一輝非常集中。

他筆直注視著白夜，瞳孔中毫無緊張或怯懦，觸動寂靜的心跳聲相當平穩。

他在集中的同時，也不忘放鬆。

他的身心狀態，簡直是臨戰之人的理想。

白夜觀察到這件事，覺得一輝的狀態太完美了。

──若非如此，白夜也會覺得困擾。

他必須以最好的精神狀態，面對白夜的戰鬥──

他必須窮極一切智慧，抵抗到底──

（這樣才能完成總計二十三手的**至高棋譜**。）

這對白夜來說，是和勝利同等重要的事情。

只是純粹的戰鬥、獲勝或失敗，違反白夜的美學。

他追求的不是野蠻的互毆。

不是小聰明之間的技術較勁。

而是更高次元的，理性與理性，知性與知性的交錯。

黑鐵一輝——這名少年一定能辦得到。

在這份寂靜之中，互相交織每一手棋，切磋彼此「理念」的一切——

去完成如此緊張萬分，充滿臨機應變的戰鬥。

於是，這總計二十三手的攻防戰，肯定會成為值得暢談數年的美麗事物。

因此——

『現在，C區第二輪第二場比賽正式開始！LET's GO AHEAD！』

——來吧！就讓我和你單獨兩人，在這戰場上描繪出至高的棋譜！

——……〈天眼〉城之崎白夜的記憶就此中斷。

一切都來得太過突然，彷彿是拔掉了電視插頭一樣。

之後只剩下無明深淵，

以及意識完全落入黑暗之前，他聽見了——

——〈一刀羅剎〉——

這樣的餘音。

後記

我好想打魔物獵人啊啊啊啊啊啊！

不好意思，讓各位聽見我內心的吶喊了。我是海空陸。

工作忙翻天，我幾乎沒時間打魔物獵人。我好想打魔物獵人啊。

咦？上一集預告過的貓咪趣事呢？

抱歉，我食言了。

……我根本還沒養。

取而代之的是，新家老是有蟑螂出沒，幾乎快變成寵物了。如果各位想聽蟑螂的趣事（強制中斷）。

玩笑就到此為止。七星劍武祭第一輪在這一集結束，開始進入第二輪。

竟然意外的人物意外花了不少頁數，作者自己也嚇一跳。（炸）

然後史黛菈終於進到女主角不該進入的領域了。

各位沒看過有女主角會熔接自己的手臂吧？

真巧，我也是。

沒辦法，這女孩身為女主角的同時，也和一輝起誓要在決戰再戰，算是本書的最終魔王呢。

為了她與心愛的戀人之間的誓言，她沒辦法只當個可愛的女孩子。不過她究竟能不能成為最終魔王，一輝又能不能抵達決戰，還要看兩人之後的努力呢。

希望各位能在下一集一起見證兩人的發展。

另外，落第騎士的漫畫版也發售單行本了。（此指日本）史黛菈畫成漫畫之後變得非常可愛，希望各位也多多支持漫畫版。

那麼我們下集再見了。

非常感謝各位閱讀第六集。

浮文字

落第騎士英雄譚 6

（原名：落第騎士の英雄譚6）

著者／海空陸　封面插畫／ＷＯＮ　譯　者／堤風
發行人／黃鎮隆　副總經理／陳君平　文字校對／施亞蒨
總編輯／洪琇菁　國際版權／黃令歡
執行編輯／曾鈺淳　美術編輯／陳又荻
企劃宣傳／邱小祐　內文排版／謝青秀
出版／城邦文化事業股份有限公司　尖端出版
台北市中山區民生東路二段一四一號十樓
電話：（〇二）二五〇〇七六〇〇
傳真：（〇二）二五〇〇二六八三
E-mail：7novels@mail2.spp.com.tw
發行／英屬蓋曼群島商家庭傳媒股份有限公司城邦分公司　尖端出版
台北市中山區民生東路二段一四一號十樓
電話：（〇二）二五〇〇－七六〇〇（代表號）
傳真：（〇二）二五〇〇－一九七九
中彰投以北經銷（含宜花東）／楨彥有限公司
電話：（〇二）八九一九－三三六九
傳真：（〇二）八九一四－五五二四
雲嘉經銷／智豐圖書股份有限公司　嘉義公司
電話：（〇五）二三三－三八五二
傳真：（〇五）二三三－三八六三
南部經銷／智豐圖書股份有限公司　高雄公司
電話：（〇七）三七三－〇〇七九
傳真：（〇七）三七三－〇〇八七
一代匯集／香港九龍旺角塘尾道六十四號龍駒企業大廈十樓B&D室
電話：（八五二）二七八三－八一〇二
傳真：（八五二）二七八二－一五二九
馬新經銷／城邦（馬新）出版集團Cite (M) Sdn. Bhd.
E-mail：cite@cite.com.my
法律顧問／王子文律師　元禾法律事務所
台北市羅斯福路三段三十七號十五樓
二〇一五年八月一版一刷
二〇一九年十二月一版五刷

■中文版■

郵購注意事項：
1. 填妥劃撥單資料：帳號：50003021戶名：英屬蓋曼群島商家庭傳媒(股)公司城邦分公司。2. 通信欄內註明訂購書名與冊數。3. 劃撥金額低於500元，請加附掛號郵資50元。如劃撥日起 10～14日，仍未收到書時，請洽劃撥組。劃撥專線TEL：(03) 312-4212 ・ FAX：(03) 322-4621。E-mail：marketing@spp.com.tw

國家圖書館出版品預行編目資料

落第騎士英雄譚6 / 海空陸 著 ; 堤風譯.
—1版.—臺北市：尖端出版，2015.08
面 ； 公分.—(浮文字)
譯自:落第騎士の英雄譚
ISBN 978-957-10-5552-7(第1冊：平裝)
ISBN 978-957-10-5650-0(第2冊：平裝)
ISBN 978-957-10-5806-1(第3冊：平裝)
ISBN 978-957-10-5839-9(第4冊：平裝)
ISBN 978-957-10-5968-6(第5冊：平裝)
ISBN 978-957-10-6044-6(第6冊：平裝)

861.57 103003318